JN172910

「もう私の前に現れるな」
それが、クリスに告げられた
最後の言葉だった。
「何これ？ こんなもの
見せつけて、前妻だったことを
誇る気なの？」
それは、女主人を引き継ぐに当たって
必要なことを記した書類だった。
しかし、私に対する愛人の返答は、
その書類を叩き落とすことだった。
あっけに取られる私へ、愛人が向けていたのは、
いらだちを隠そうともしない表情だった。

アイフォード
数年前に侯爵家を
追放された、クリスの弟。
追放後は騎士として活躍し、
自力で準男爵に
上り詰めるほどの秀才。
マーシェル
21歳の“元”侯爵家夫人。
クリスの妻として侯爵家のために
尽力していたが、
クリスの身勝手な理由により
家を追放される。

ウルガ
クリスの愛人。
男爵家令嬢。
クリス
侯爵家当主。
マーシェルの元夫。
ネルヴァ
クリスに仕える
侯爵家の執事。
コルクス
侯爵家の家宰。

次の瞬間私の身体を襲ったのは
痛みではなく、たくましい身体に
包まれる感覚だった。
「この、大馬鹿が……！」
その声を聞いてようやく私は理解する。
――自分が、アイフォードに抱きしめられていることを。

影茸
illust. 一花夜
契約結婚のその後
～追い出した夫が
私の価値を知るまで～

Contents

After the Contract
Marriage.

第一章　契約結婚の終わり

「愛する人が私にはいる。だから、君との婚姻は時がくれれば破棄する。短期間でも侯爵家に嫁げるのだ。文句はないだろう？」

それが、伯爵令嬢である私、マーシェルの夫となる人。

侯爵家令息、クリス・キシェタリアの第一声だった。

これは、クリスが侯爵家次期当主として認められるためだけの契約結婚。

そう知ってからしばらくの間、私は顔を上げられなかった。

自分の価値なんてその程度だと知っていたはずなのに、どうしてか少し涙が出そうになる。

……いや、目を逸《そ》らそうとしているだけで、本当はその理由に私は気づいていた。

簡単な話だ。

私は勝手に期待していたのだ。

私と結婚したいと指名してくれたこの人なら、私を見てくれるかもしれないと。

そんなことありえないと、散々思い知らされてきたはずなのに。

――お前なんて可愛《かわい》げのない女を家においてやっているのだ、感謝して欲しいものだ。

――何が、美姫《びき》の娘よ。貴女《あなた》みたいなみすぼらしい女には、使用人の服で十分よ。

脳裏に蘇《よみがえ》る罵声。

……初夜にもかかわらず、自分一人しかいない部屋の中、私は蹲《うずくま》る。

どうしようもなく惨めだった。

自分はこれから先も、こうして生きていくのだろうか、そんな暗い考えが頭を支配する。

だが、そう絶望する一方で自分が安堵《あんど》の気持ちを抱いていることに、私は気づいていた。

「でも、もう罵られることもないわ……」

伯爵令嬢であるのにもかかわらず、実家であるカインド家の私への扱いは酷《ひど》いものだった。

全ては、私が亡くなった前妻の娘だから。

特に、十歳になる義弟が生まれてからの扱いは、使用人以下だった。

令嬢としての教育も施されず雑務を押し付けられ、挙句の果てには何をしても罵倒される日々。

それは間違いなく地獄のような日々で――だから私は、夫となるクリスには感謝もしていた。

愛する人が私にはいる、そう告げた時のクリスの目は冷ややかだった。

彼はおそらく、私を嫌っているのだろう。

みすぼらしく、令嬢らしいマナーも知らない田舎貴族と。

それでも彼は、実家から離れさせてくれた人なのだ。

だから、たとえ私を憎んでいても、恩は返さなくてはならない。

「そうよ。私は恩を返さなくては！」

そう呟《つぶや》いた私の目には小さな、それでも確かな光が浮かんでいた。

それを気力に、私は一人の部屋の中から動き出す。

全ては彼を侯爵家の当主とするために。

「それに、私が頑張ったらあの人も少しは……」

それが、今から三年前のできごと。

私がまだ、いくら頑張ろうと無意味でしかないと知る由《よし》もない時期の話だった……。

◇◆◇

「……本当に、どうしてあんな勘違いができたのかしら」

私室の中、ぽつりと口から漏れた言葉。

それは誰の耳に入ることもなく、霧散していく。

……この部屋の中に、私以外誰もいないが故に。

「もうこんな時間が経《た》ったのね」

部屋を見回しながら、私が思い出すのは三年前。

まだ侯爵家令息だったクリスの婚約者として、この屋敷《やしき》に来た時だった。

あの時のことは、鮮明に思い出せる。

あれは間違いなく私の転機だったのだから。

三年間、私は必死に頑張った。

貴族夫人としてのマナーを学び、クリスを侯爵家の当主とするために必死に駆けずり回った。

その際、私が実家で父の雑務をこなしていた結果、貴族の基本的な教養を身につけていたと知った時は笑ってしまった。

何が役に立つか分からないものだと思って。

その全ての知識、経験を活《い》かして私は必死に頑張った。

全ては恩返しと……クリスに見てもらえるかもしれないという希望から。

その結果、クリスは無事侯爵家当主になった。

恩返しとして考えるならば、私の働きは十分すぎるものだろう。

何せ、クリスの望みを私は十二分に叶《かな》えたことになるのだから。

だが、もう一方の私の目的は、果たされなかった。

「所詮、私とは契約結婚でしかない、のね」

結婚してから三年経つにもかかわらず、一回たりともクリスが私の部屋に立ち入ることはなかった。

それどころか、最近では愛人宅に頻繁に泊まっており、会話さえほとんどない。

用があっても、簡素な手紙が届くだけだ。

今、私の手に握られている手紙のような。

「本当に、どうして愛してもらえるなんて思ったのかしら」

それに目を向け、私は笑う。

とんでもない勘違いをしていた過去の自分を。

「ふふ。私みたいなみすぼらしい女が、愛されるわけないなんて、当たり前の話なのに」

……だが、諦めるような言葉に反して、手紙を握る私の手には強い力が込められていた。

その手紙が破れてしまいかねないほどの。

それには、簡潔にこう書かれていた。

――もう少しで契約期間は終了する。よって、二日後に私の元に来るように。

手紙を見た日、私は眠ることができなかった。

寝ようとしても寝られない。

……そして、寝られない時間何度も、私は文面を見直していた。

本当は、私の見間違いなんじゃないかと思って。

そんなことないってことぐらい、分かっていながら。

「この三年間私、結構頑張っていたと思うんだけどな」

思わず、そんな言葉が口から出たのは、数十回も見直したあとだった。

読みすぎて、しわくちゃになった手紙を投げ捨て、私はベッドに倒れ込む。

久しぶりにした行儀の悪い寝方に、どこか解放感を感じた私の口元に、ほんの微《かす》かに笑みが浮かぶ。

令嬢のマナーを学びだしてから、私は誰も見ていなくてもマナーを守るようにしていた。

何せ、私は他の令嬢と違って昔から身につけていたわけではないのだ。

いいや、それだけではない。

クリスが侯爵家の当主と認められるため、私が費やした努力はそんなものではない。

苦しくて……それでもどこか楽しい日々だった。

なのに、今はその日々すら色褪《いろあ》せているように感じて、私は首を傾《かし》げる。

だが、すぐにその理由に気づく。

「……あの時はいつか認めてくれると思っていたからね」

そう、あの時の私はいつかクリスに認められると希望を抱いていた。

だから、必死に踏ん張ることができた。

「全部、全部。無駄だったのにね……」

強く、強く布団に顔を押し付けながら呟いた声。

くぐもったその声には、それでも隠しきれない震えが込められていた……。

◇◆◇

ふと気づけば、窓から僅かに朝日が漏れていて、私は少しの間寝ていたことに気づく。

顔を上げると、鏡に写った顔も布団もぐしゃぐしゃで、私は苦笑する。

「……誰か起こしに来る前に、顔を洗わないと」

そして身支度に入った時間だけ、私は手紙のことを忘れることができた。

だが、そんな現実逃避も永遠に続けることはできない。

手を休めれば、すぐに手紙のことを思い出してしまう。

できることなら、私もこんな手紙など無視して、なにもなかったことにしたかった。

けれど、翌日夫の愛人宅に行かねばならない今、現実逃避のそんな時間はありはしなかった。

屋敷にいる使用人達《たち》への連絡などの準備。

今日一日をその準備に使ったとしてもぎりぎりだろう。

……一体どれ程、クリスは私のことを追い出したかったのだろうか。

そんな嫌な考えが浮かび、すぐに頭から振り払う。

とにかく今は準備をしよう。

準備をしていれば、少しぐらいは気を紛らわすことができるだろうから。

扉がノックされたのは、そんな時だった。

「奥様、朝です」

「起きているわ。入って良《い》いわよ」

「失礼します」

入室を許可すると、私の専属使用人であるメイリが中に入ってくる。

「おはようございます。今朝もお早いですね！」

にこにことといつも通りの笑顔を浮かべるメイリ。

彼女は私と同い年で、二十歳を超えている女性だった。

……そんな彼女とも、明日でお別れなのだ。

「今日のご予定ですが……」

「メイリ、全てキャンセルしてくれる?」

「……え?」

混乱するメイリへ、私はある程度綺麗《きれい》に直したクリスからの手紙を渡した。

「契約が終わるそうよ。明日、私は侯爵夫人じゃなくなるわ」

手渡された手紙を見てしばらくの間、メイリは呆然《ぼうぜん》と立ち尽くしていた。

そして、ようやくぽつりと呟く。

「……嘘《うそ》!」

次の瞬間、私の方を見たメイリの目に浮かぶのは、信じられないと言いたげな困惑だった。

「う、嘘だとおっしゃってください! どうして、侯爵家を磐石《ばんじゃく》にした奥様を、今! 奥様にいなくなられたら……!」

それは、普段のメイリの様子からは考えられない程、感情的な訴えだった。

特にメイリは、私とクリスの契約について知っている数少ない人間だ。

ここまで必死な表情のメイリに驚きながらも、私は嬉《うれ》しさを感じる。

こうして、私を惜しんでくれる人がいることに。

……だが、メイリの懇願を私が受け入れることはできなかった。

「ごめんなさい、メイリ。私にはどうしようも」

「……っ! 申し訳ありません」

私の言葉に、メイリの顔が泣き出してしまいそうに歪《ゆが》む。

しかし、それ以上メイリが懇願してくることはなかった。

メイリも知っているのだ。

侯爵家当主であるクリスが決めた契約を、私がどうこうできないことを。

それから、私達は言葉少なに荷物を用意した。

愛人宅へ行く用意だけではなく、この屋敷を後にする用意を。

そしてそのあと、メイリから私に別れの挨拶が告げられることもなかった。

契約結婚は秘密のことで、周囲の使用人達は何も知らない。

そんな状況で、別れの挨拶をすることなど許されなかったのだ。

「申し訳ありません、マーシェル様。私に、貴女を守る力がなくて……！」

……ただその次の日、愛人宅に行く間際、メイリは堪《こら》えきれなかったように顔をぐしゃぐしゃにしながら告げてきた。

そんなメイリに対して、私は何も言えなかった。

使用人で、平民出身の立場の強くないメイリにできることはなかった。

むしろ敵も多い中、今まで私に親身にしてくれていたことを考えれば、お礼を言いたいぐらいだ。

メイリに言いたいことは山ほどあった。

けれど、それを口にする前に私の乗った馬車は動き出してしまう。

一人きりとなった馬車の中、私は小さく呟いた。

「……私はまた、一人に戻るのね」

今までの三年間は、決して楽な生活ではなかった。

嫁ぐまでよりも遥《はる》かに忙しかっただろう。

しかし、一人で過ごすしかなかった実家よりも、ここでの三年間は遥かに充実していた。

だが、その時間を共に過ごした人達はもういない。

決して多くはなかったが、私のことを助けてくれた人との思い出。

それは、私にとってかけがえのないものだった。

「お別れ、言えなかったな……」

既に侯爵家を後にした、ある人のことを思い出したのは、その時だった。

いつか会いたいと思いながら、忙しさのために一度も会いに行けなかったその人の顔が頭に浮かぶ。

何故《なぜ》か、その人に会いたくて仕方がなかった。

「いえ、理由なんて分かりきっていたわね」

すぐに、思い至った私は、思わず苦笑する。

……もう、会えなくなるその人を思い出しながら。

「たとえ嫌われてても、会いに行けば良かったなぁ」

震える声が、今更な後悔を呟く。

こんなに早く結婚の契約が終わるなら、会いに行っていたのに。

そう、私が平民になる前に。

そんな後悔を、整理などできるわけもない感情を、胸の奥に押し込め、私は目を瞑《つぶ》る。

私を乗せた馬車は、夫の愛人宅へと進んでいく。

◇◆◇

愛人宅にたどり着くと、私はすぐにクリスの待つ部屋へと案内された。

その迅速な対応に、私は考えてしまう。

……もしかしたら、少しくらいはクリスも私の貢献を認めてくれていたのかもしれないと。

「遅かったな」

しかし、部屋に入ってすぐにそんな希望は消え去ることになった。

愛人を隣に、こちらを睨《にら》んでくる、クリス。

その目には、私に対するいらだちしかなかった。

……それを見ながら、今更ながら私はなにを期待していたのかと、思わず笑いそうになる。

これまで、まともに私を見ようとしなかったクリスに、そんな気持ちがある訳ないだろうと。

そう分かっていたのに、私の握りしめた拳はかすかに震える。

しかし、私の内心にクリスが興味を見せることは一切なかった。

ただ、淡々と告げる。

「契約書は持っているな」

「……はい」

内心荒れ狂う気持ちを抑え、書類を取り出し、私はクリスに手渡す。

「ではこの書類に則《のっと》り、これで契約は……」

「あら、クリス様、そんなことする必要はないと思いますわ」

瞬間、隣にいた愛人がクリスの持っていた書類を奪い取り……そしてそれを破って床にばらまいた。

「もう終わりなんだから、これで大丈夫でしょう？」

「……っ！」

それは、あまりにも非常識な対応。

そんなことをするなど想像もしていなかった私は、反射的に床に落ちた書類を拾おうとする。

私を見下ろし、愛人は首を傾《かし》げてみせる。

「あら、もしかしていけないことでしたか？　終わったのでもういらないかと思ってしまって」

……蠱惑《こわく》的な身体《からだ》を見せつける彼女の口元は、私に対するあざけりでかすかに歪んでいた。

それを目にし、私は理解する。

これは意図的な行為なのだと。

「いや、気にしないでいい」

しかし、私が何か言う前にクリスがそう口を開いた。

私には見せたことのない優しげな表情で、クリスは愛人に告げる。

それから、その表情が嘘だったような冷たい目で、私に向き直った。

「条件は変わらないのだ。お前も気にするな」

……ああ、本当にこの人は私のことなどどうでもいいのだ。

遥《はる》か前から知っていたはずのことに衝撃を受けている自分はなんておろかなんだろうか。

内心自嘲しながら、私は感情の全てを胸の奥にしまい込み笑う。

それが、なにも報われなかった契約結婚のあまりにもあっけない終わりだった。

こんなにあっけないものなのか、そんな思いが私の胸の中に浮かぶ。

けれど、その思いに浸る時間も私に与えられることはなかった。

「これで、私はクリス様と一緒にいられるのですね！」

愛人は場違いなほど明るい声を上げて、クリスに抱きつく。

それでも笑みが浮かんだ顔はこちらの方に向けられていて、私は愛人の勝ち誇った気持ちが手に取るように理解できた。

そんなことにはなにも気付かずクリスは愛人を抱きしめる。

「ああ、これでお前は正式に私の妻だ」

さらに笑みを深め、こちらを見てくる愛人。

私の心の中に悔しさがあふれ出す。

何もせず、ただ愛されてきただけのお前が、全てを持って行くのかと。

それでも、私はその気持ちを抑え込んだ。

言いたいことがない訳じゃない。

それでも私はクリスには感謝していた。

実家という地獄から、助け出してくれたクリスを。

だから私は、全ての感情を抑え、別の書類を取り出した。

それは、女主人を引き継ぐに当たって必要なことを記した書類だった。

これさえあれば、この愛人が妻でも侯爵家が揺らぐことはないだろう。

私は、いまだ勝ち誇った表情を改める様子のない愛人へとそれを差し出す。

「……これは女主人としての心得を記したものよ」

怒りに溢《あふ》れた内心を必死に抑えながら、私は紙束を愛人に差し出す。

……しかし、私に対する愛人の返答は、その書類を叩《たた》き落《お》とすことだった。

「……っ！」

「何これ？　こんなもの見せつけて、前妻だったことを誇る気なの？」

あっけに取られる私へ愛人が向けていたのは、いらだちを隠そうともしない表情だった。

その表情に対し、私は怒りを覚える前に呆然と立ち尽くすことしかできない。

それでも私は何とか、口を開く。

「違う、これは……」

ただ、今後の侯爵家に必要と思っただけ。

その気持ちを伝える機会は永遠に失われることになった。

「……お前は、私を挑発しているのか？」

突然、クリスが怒りを露《あら》わにしたことによって。私は呆然《ぼうぜん》と立ち尽くすことしかできない。

まるで想像もしていなかった彼の反応に、私は呆然と立ち尽くすことしかできない。


しかし、そんな私を気にすることなくクリスはさらに告げる。

「侯爵家の陰の支配者といわれ、いい気になっているのを私が知らないと思ったのか？」

陰の支配者、それは肝心の夫が愛人に夢中で、侯爵家の様々なことを押しつけられた私を揶揄《やゆ》する言葉だった。

夫を顧みず勝手気ままに動く、支配者気取りの情けない女という意味の言葉。

しかし、なぜここでその言葉を告げられたのか分からず私は呆然と立ち尽くす。

「お前はあくまで私のお陰で、侯爵家の一員になったにすぎないのだぞ」

私の混乱など知らず、クリスは私を睨みつけて吐き捨てる。

「覚えておけ、お前はただ契約で女主人になっただけの人間にすぎない。これまでもこれからも、お前が私の立場を超えることなどない」

「……っ！」

そう告げられてようやく私は理解する。

なぜ、クリスが私をこうも敵視するのか、その理由を。

そう、クリスは私の名声が自分より大きいのが許せないのだと。

……その程度にしか、クリスは私のやっていることを理解していなかったのだと。

今になって、私はようやく理解した。

今まで自分が、クリスの為《ため》にやってきた全てが、本人にまるで理解されていなかったことを。

それどころか、その行動こそ自分がクリスに厄介がられる原因だったことを。

「お前はもう用済みだ。これ以上、勝手に侯爵家の名前を使うことは許さない」

……今まで私が侯爵家の名前を背負ってやってきた全てを勝手な行為と吐き捨てたクリス。

それに呆然とする私に、クリスは冷たく言葉を重ねる。

「さあ、早く去れ。契約終了後に渡すはずだった金の代わりに、今までのことには目をつぶってやる。だから、もう私の目の前に現れるな」

……それが、クリスに告げられた最後の言葉だった。

◇
◆
◇

それからすぐに、私は屋敷の外に追い出された。

元侯爵夫人というのが信じられないほど乱雑に追い出された私は、少しの間門の前から動けなかった。このままここにいてもどうしようもない、そのことは分かっている。

けれど、どうしても足が動かなかった。

「……私、これからどうすればいいんだろ」

ぽつりと、私はそう呟く。

本来契約終了で貰《もら》えるはずだった、金銭もなく、もちろん実家からお金を持ってきてもいない。

現在の私は、一文無しに近い状態だった。

そして、一応とはいえ貴族令嬢だった私は、庶民の暮らしも知りはしない。

もう実家にも戻れない私が、これからどうすればいいのか。

「早く、どうするか決めないと……」

自身の状態に私はそう呟いて……けれど、その言葉が胸に響くことはなかった。

自分のどうしようもない状態を私ははっきりと理解していた。

このままではのたれ死ぬしか、ないのだと。

なのに、私の頭は別のことに支配されていた。

「……勝手に侯爵家の名前を使うことは、許さない……か」

そう呟く私の脳裏によぎるのは、今までの生活。

それは全ては恩返しの為と、そう思って、全てを擲《なげう》って侯爵家の為に尽くしてきた日々だった。

その日々をクリスは、侯爵家の名前を勝手に使っただけと断じた。

それこそが何より、雄弁に私の行動をクリスがどう思っているかを示していて。

……その事実は私の胸に深々と突き刺さっていた。

これまでの私の行動理由は全てクリスへの恩返しの為だった。

いつか、クリスが私を見てくれたら、クリスへの恩返しを打ち砕かれてからも、私は恩返しだけを胸にやってきた。

……そのためだけに全てを擲って、私は必死にがんばってきた。

なのにその行動が、クリスが私を疎む原因となっていたとしたら。

そう考えて、私は呆然と呟く。

「だったら、私のやってきたことは……」

そこで、私は小さく笑った。

「……ううん。今更、何を被害者ぶっているんだろう？　――私は加害者なのに」

そう呟く私の脳裏に浮かぶのは、〝彼〟に自分がした仕打ちだった。

本来、侯爵位に一番近かったのは〝彼〟の方だった。

しかし私は、クリスを侯爵家当主にするため、クリスの弟である〝彼〟を騙《だま》し討《う》ちのような形で侯爵家から追放した。

……私の現状は、その仕打ちが自分に返ってきただけに過ぎないのだ。

「そっか、これも当然の報いなのね」

そう呟く私の胸に、もうクリスに罵られた衝撃はなかった。

あるのはただ、全てがどうでもいいという虚無感。

あのウルガという愛人が心を改めないかぎり、侯爵家には困難が待っているだろう。

そう理解しつつ、もう私がそれに何かを感じることはなかった。

ただ、私を信じてくれた使用人達だけは、なんとか逃げてほしい。

「……彼等《かれら》なら、危険だと分かったらすぐ逃げてくれるわよね」

そんなことを考えながら、私は歩き出す。

この先なんて、分からない。

もう頼れる先なんてない私に待っているのは、死かもしれない。

だが、もうそんなことさえどうだってよかった。

おぼつかない足で、私は愛人宅から離れようとする。

……聞こえるわけがない声がしたのは、その時だった。

「ここにいたのか」

呆然と、私は声のした方向、後ろへと振り返る。

そして、かすれた声で私は問いかけた。

「……どう、して？」

「はっ、そんなこと決まっているだろうが」

私の言葉に、酷薄な笑みを浮かべて〝彼〟は告げる。

「お前の能力が必要だから、声をかけにきた。それだけだ」

それは、一切の感情のこもらない声。

けれど、それに私は安堵を感じていた。

そんな私に、その人はさらに続ける。

「お前が俺にしたことを忘れたとは言わせないからな。お前は、俺に償わなければならない。だから……」
そこで、一瞬その人の言葉が途切れる。
まるで、感情があふれ出したように。
けれど、沈黙は一瞬だった。
その人は、目に怒りを宿しながら告げる。
「――勝手に死ぬのは、許さない」
その言葉を聞きながら、私は思う。
本当に、世界は不思議だと。
先ほどまで私は、今日は世界一最悪な日だと思っていた。
絶望を胸に死んでいくんだと。
それが、〝彼〟を裏切った代償だと。
だから、その直後にずっと私が望んでいたことが起きるなんて考えてもいなかった。
……いつか、この人に償いたいと私はずっと願っていたのだから。
だから、その場で頭を下げることに、私はなんの躊躇《ちゅうちょ》もなかった。
「……はい。アイフォード様」
――これこそ、私の人生が変わる瞬間だと知りもせずに。

第二章　侯爵家崩壊の始まり

「ようやく、ようやくか……！」

前妻となった、マーシェルの姿が見えなくなってから、私、クリスはそうしみじみとつぶやいた。

その心にあるのは、解放感だった。

最初、マーシェルは私にとって便利な駒だった。

侯爵家を継ぐために契約結婚したときから、侯爵家の雑務を私の代わりに処理するようになったことも助かると思っていた。

……それが目障りになってきたのは、貴族社会にある噂《うわさ》が流れ出した時からだった。

すなわち、侯爵家は女主人であるマーシェルのものだという。

その噂を聞いたときの屈辱は今でも思い出せる。

一体誰が、マーシェルを侯爵家に入れてやったと思っている、何度そう思ったことか。

しかし、私が真の功労者であることにも気付かず、貴族社会はマーシェルを陰の支配者と呼び続けた。

だから、私はその時決めたのだ。

……いずれ、マーシェルは侯爵家から追放すると。

そう思っても、その案を私がすぐに実行に移すことはできなかった。

それは私の父である侯爵家前当主が生きていたが故に。

マーシェルとの婚姻が、私が侯爵位を継ぐ条件であったが故に、私はすぐに行動を起こすことができなかった。

けれど、私の行動を散々制限してきた父も、数ヵ月前に死んだ。

これで私は名実ともに、真の侯爵家当主となり、私の行動を制限する人間はいない。

それが、私がこうしてマーシェルを追放できた経緯だった。

これからはもう、私の行動を制限する人間も、私の名声を奪う人間もいない。

そのことに、私は笑いを抑えられない。

そして、それは隣に立つ私の愛する人も同じだった。

「とうとうなのですね。ようやく私はクリス様の妻として、隣に立てる……！」

そういって、私の肩に頭を預けてくる彼女……男爵令嬢ウルガ。

彼女のその愛らしい態度に、私はさらに笑みを深める。

「待たせて悪かったな」

「いえ、そんなことありません！　クリス様を思うがあまり、思いを抑えられなかった私が未熟だっただけなのです……」

「ウルガ……。だが、もう大丈夫だ。さあ、一緒に本邸にいこう」

「クリス様……！」

感激したウルガの腰を抱き、私はゆっくりと歩き出そうとして。

……ある、嫌なものを見てしまったのはそのときだった。

それは、最後にマーシェルがウルガに渡してきた、女主人の心得をまとめたという書類だった。

私は顔をしかめて、その場にいる使用人へと叫ぶ。

「……ちっ！　おい、誰かそれを処分しておけ！」

「で、ですが……」

「反抗する気か？　当主の命令だと分からないのか？」

「わ、分かりました」

そこまで言ってようやく動き出した使用人を一瞥《いちべつ》して、私はウルガへと目線を戻す。

「邪魔が入ってすまないな、ウルガ。さあ、いこうか」

「はい！」

そうして、私達《わたしたち》は改めて本邸へと歩き出す。

しかし、その時の幸せに満ちた私は知らない。

……この時の自分の行った命令を後悔する未来が訪れることなど。

◇◆◇

それから、気持ちよく屋敷《やしき》に戻った私は、ウルガを私室に案内した後、屋敷の人間達を集めた。

そして集まった人間にマーシェルを離縁したこと、そして新しい妻を迎えたことを報告した。

その報告に少なくない使用人達が喜びを隠せない様子を見て、私は思わず笑ってしまいそうになる。

やはりマーシェルがちやほやされていたのは、外だけの話。

実際は、こんなにも嫌われる存在でしかなかったのだ。

しかし、そんな私の上機嫌に水を差す声が響いた。

「……本当に奥様を離縁されたのですか？」

その声に振り返ると、いたのは侯爵家の家宰の老執事、コルクスだった。

「ああ、これだけの期間子供ができなかったのだ。当然の話だろう？」

それは、前から用意していた離縁する為《ため》の口実だった。

跡取りがいないのは貴族にとって致命的な状態だ。

この話を出されれば、いくらうるさい家宰であれ、引き下がるだろう。

……しかし、その私の判断は大きな間違いだった。

「手を出していないのに、子供ができる訳がないでしょう！」

「……っ！」

周りには聞こえない程度に配慮された声、それでもはっきりと告げられたその言葉に、私は呆然《ぼうぜん》と立ち尽くすことになった。

確かに、家宰であるコルクスの立場なら、そのことに察しがついていてもおかしくない。

それでも、こんな場所でそれに言及するなど、私は想像もしていなかった。

「……貴様！」

思わずコルクスを睨《にら》みつけるが、コルクスは一切目を逸《そ》らすことはなかった。

それどころか、私に対して真っ正面から見返し告げた。

「奥様をすぐに呼び戻し、謝罪してください！　もちろん、今までのことも含めて」

「……っ！」

必死にこらえていた怒りが、限界となったのはその瞬間だった。

何が今までのことだ？　被害を受けてきたのは、私の方なのにどうしてここまで言われなければならない？

その怒りのまま、私は家宰に吐き捨てる。

「これは明らかな越権行為だ。誰かこいつを地下牢《ろう》につれていけ！」

「家宰のコルクス様をですか⁉」

「当主命令だ！」

叫ぶと、気が進まない様子で衛兵がコルクスを引っ張っていく。

……まさか、家宰まで当主気取りでいたとは、そう私は思わず嘆息を漏らす。

「……ふふ、無様ね」

「いい気味だわ！」

しかし、若い使用人達の間から聞こえてきた声に、私は思わず笑みを浮かべた。

やはり、コルクスもマーシェル同様嫌われていたらしい。

使用人風情が身分もわきまえずに刃向かうからこのような目に遭うのだ。

そう笑って、私は告げる。

「ではそろそろ私は仕事でもするとしよう」

これですぐに、私も正式な侯爵家の当主だと全ての人間が認めるはず、そう考えながら。

これまでの出来事、それはほぼ私の想定通りに進んでいた。

そして、私はこれからのことについても考えていた。

まずは仕事を片づけ、使用人達の尊敬を得る。

その次に大きな成果を示し、侯爵家の真の主《あるじ》は私であることを貴族社会中に知らしめる。

……その、はずだった。

「どういうことだ？」

綿密にこれからのことをシミュレーションしていたが故に、私はまるで想像もしていない目の前の現実が信じられなかった。

すなわち、自分の前を覆い尽くす書類の山が。

「……何だ、この書類は」

呆然と漏らした私の声、それは隠せない程にかすれていた。

それも仕方ないだろう。

この山を直《す》ぐに片づけると奮起していすに座ってからはや三時間。

それだけの時間を要してもなお、私は僅かな量の書類しか片づけることができなかったのだから。

その事実に、私は衝撃を隠すことができない。

いや、実際のことを言えば、私が衝撃を隠すことができないのは、その書類の量ではなかった。

「こんな難解なもの、私が処理していたものとはまるで別物ではないか……！」

そう、私を真に苦しめていたものはその中身だった。

次の瞬間、私は怒りのままに直ぐ側《そば》にいた執事のネルヴァを呼び止めた。

「おいお前、これはどういうことだ！　この書類達は私がやってきたものとまるで別物ではないか！」

突然の私の態度に、ネルヴァは一瞬顔色を変える。

しかし、直ぐに申し訳なさそうな表情をして口を開いた。

「……申し訳ありません、当主様。私どもも申し訳なく思っているのですが、元奥様に申し上げてもやってくださらなかった分が、こうして溜まってしまっていまして」

「マーシェルが？」

「……はい」

神妙な表情で頷《うなず》き、執事はさらに続ける。

「失礼だとは思っておりますが、私としてはこうして旦那様が戻ってきてくださったことを心から喜んでおります」

「そ、そうか」

その言葉に対し、私はできる限りまじめな表情を作って頷く。

しかし、その内心は笑いだしそうな気持ちでいっぱいだった。

あれだけもてはやされていたはずのマーシェルの真実、それに私は愉快な気持ちを感じずにはいられなかった。

何が陰の支配者だ。

一皮むけば、その実どうしようもない人間でしかないではないか。

「……それなら仕方ないか。まあいい、お前も自分の分の仕事を早く終わらせろ」

「分かりました」

そういって、ネルヴァはすぐさま立ち去っていく。

……しかし、そのとき私は気づくべきだった。

そんなことを言いながらも、執事が一切仕事をしていなかったことに。

——そして立ち去る直前、その口元には隠す気のない笑みが浮かんでいたことを。

◇◆◇

執事の言葉に気をよくし、それからも仕事を続けていた私だが、その優越感を燃料として動けたのは、それから一ヵ月の間だけだった。

「……どういうことだこれは」

つぶやく私の前にあったのは、一ヵ月前より増えた書類の山だった。

そう、一ヵ月前から私が必死に机に向き合ってきたにもかかわらず、仕事は減るどころか増えていたのだ。

もちろん私も対策としていろいろな手を打った。

執事に訊《き》き、サボっていると思わしき使用人達を叱りつけ、仕事を押しつけ、または使えない使用人をクビにして新しい使用人を入れたりもした。

にもかかわらず、相変わらず減る気配のない書類に私はさすがに異常を感じずにはいられなかった。

どういうことかと、私はいつものように執事に尋ねようとして。

……その執事の姿がないことに気づき、舌打ちを漏らした。

「くそ、ネルヴァはどこに行きよった……！」

今は家宰のコルクスがいないこともあり、実質侯爵家をまとめる役目も担っている。

当初、私を全面的に尊敬しており、侯爵家内部のあれこれを教えてくれたネルヴァを、私は役に立つと思っていた。

……しかし、その考えも最近は揺らぎつつあった。

その理由は、減ることのない書類だけではない。

最近、ネルヴァがどこにいるのか分からないことが続くことにあったのだ。

それも、こんな忙しい時にだ。

そこまで考え、ふと私は思いいたる。

そういえば、最近妻であるウルガもどこか様子がおかしいことを。

そこまで考え、私は余計な考えは今は必要ないと頭から振り払った。

とにかく今は、目の前のこの書類の異常の原因を探ることが最優先なのだから。

そう考えた私の目に入ってきたのは、ネルヴァとは別の執事、アルバスだった。

黙々と仕事を処理していくその姿からは、陰気な雰囲気さえ感じられ、私は思わず顔をしかめる。

このアルバスという男は以前ネルヴァが「サボっている」と理由をつけて仕事を増やしていたのを見たが、その時でさえ淡々とした様子を崩すことはなかった。

その様子を見てから私はこの執事に対してコルクスと似た苦手意識を持っていた。

だから、普段であれば私はこの男に声はかけなかっただろう。

けれど今、私はネルヴァに対して不信感を抱いていて、それが私の背を押した。

「おい、お前。この書類の量はどうなっている?」

……その私の声に反応し、顔を上げた執事の顔に浮かんでいたのは、隠す気のない侮蔑だった。

「……っ!」

想像もしないそのあからさまな嫌悪に対して、私は一瞬息をのむ。

しかし、そんな私を気にすることなく執事は告げた。

「さあ?　私に聞くよりも、ネルヴァに聞けばよろしいんではないでしょうか?」

「……その肝心のネルヴァがいないから貴様に聞いているのだろうが」

そう言い返した途端、私の胸に怒りがわき始める。

コルクスにさえ、こんなあからさまな侮蔑を受けたことはなかった。

なのになぜ、一介の執事に私はこんな目を向けられねばならないのか。

しかし、睨む私を真っ向から見返し、アルバスは口を開く。

「そもそも、私は今日限りで王宮に移る予定です。最早他家の人間が踏み込んだことを言うのも不作法というものでしょう」

「……は？」

私の怒りは、アルバスが告げた言葉によって霧散することになった。

「待て！　そんな話私は聞いて……」

「私はきちんとネルヴァに言いましたよ。私は今日、侯爵家の執事を辞めると。それも、旦那様に伝えてくれときちんとね」

「……っ！」

その言葉に、私は思わず唇を嚙《か》みしめる。

どうしてこんな大事なことをネルヴァは私に言わなかったのか、そんな思いが私の胸によぎる。

けれど、そんなことを考えている時間はなかった。

何せ、今はとにかくこの執事が出て行かぬよう思いとどまらせるのが最優先なのだから。

このただでさえ仕事が溢《あふ》れる状況で、これ以上誰かが抜けるなど考えたくもなかった。

……しかし、一つ分からないことがあった。

「ま、待て！　私はお前をクビにする気などないのに、どうしてここから出て行こうとしている？」

そう、私はこの執事をかなり優遇しているつもりだった。

ネルヴァのように私を喜ばせる訳でもなく、無愛想に仕事をするこの男をそれでも解雇しなかったのは、全て私の厚意だった。

いくら気に入らなくても、仕事はできる。

そう思ったから、私は今までこの男がこうしてこの屋敷に残るのを許してやってきた。

そう考える内に私の中に怒りがあふれ出してくる。

「私はお前に目をかけてやったというのに、裏切るのか……！」

「はは。面白い冗談だ」

――けれど、そんな私の言葉に対するアルバスの反応は冷笑だった。

まさか、そんな態度をとられると思わなかった私はまたもや言葉を失う。

私を見る執事の目は、あまりにも冷たかった。

「そんな態度だから、貴方《あなた》は有能な使用人を取り逃がすんですよ」

「……は？」

アルバスの言葉の意味が分からず、私はただ唖然《あぜん》として声を漏らす。

「あれだけ言われるがままに有能な使用人を追い出しておいて、分からないんですか？」

「っ！」

しかし、冷めた目の執事に見つめられ、私は理解する。

執事が言っているのは、今までクビにした使用人達のことだと。

「何を言っている？　あの者達は仕事をしないから解雇した……」

「その現場を実際に見たことがあるのですか？　どうせ、ネルヴァと取り巻きに言われるがまま、解雇しただけでしょうに」

「……っ！　貴様に何が分かる！」

「それはこちらの台詞《せりふ》ですよ」

執事が隠す気のない怒気を露《あら》わにしたのはその瞬間だった。

「つまらない嫉妬で奥様の築いてきたすべてを壊した貴方に、我々使用人がどれだけ怒りを感じているか分かりますか？」

その怒気に私は一瞬気圧《けお》される。

直後に怒りが湧いてくるが、それを目の前の男にぶつけることはできなかった。

……何せ、この執事は近日中に王宮に召し上げられる存在だ。

そんな男に手を出すわけにはいかず、代わりに私はアルバスの言葉を鼻で笑ってやる。

「はっ！　何を言うかと思えばマーシェルの築いてきたことだと？　あのサボっていただけの女が何を築いたというつもりだ……！」

しかし、そう告げた私に執事が向けたのは、どうしようもない何かを見る目だった。

「……そうですか。初めて前侯爵様に同情しました」

「どういう意味だ！」

「いえ、もう家を去る者の戯言《たわごと》です」

そう言って立ち上がったアルバスは、机から書類の束を取り出した。

それは何が書いてあるかまるで分からないようなものだった。

疑問を覚えながらも一応受け取ると、満足したようにアルバスが一礼した。

「侯爵家に拾われた者の最後の奉公です。これをコルクス様にお渡しください」

「っ！　まて、まだ話は……！」

そう私は叫ぶが、歩き出した執事が止まることはなかった。

最後に一礼して部屋を出る。

「何が最後の奉公だ……！　恩知らずが！」

その背中が見えなくなっても、私はそう吐き捨てる。

けれど、私は後で気づくことになる。

……この時、なんとしてでもこの執事に残ってもらうよう懇願するべきだったと。

◇◆◇

執事が去った翌日、私は悩んだもののコルクスを呼び出すことに決めた。

正直、あの小うるさい爺《じじい》を解放すべきかどうか、私は非常に悩んだ。

しかし、労働力の減った今、ある程度役に立つ家宰を遊ばせておく余裕はなかった。

「といっても、もう家宰として使う予定はないがな」

そう言いながら、私の頭に浮かんでいたのは昨夜ネルヴァと行った話し合いだった。

その際、正式にネルヴァを家宰とする方向で私達は合意していた。

そう告げた時のコルクスの反応を想像しながら、私は近くにいた使用人に命じる。

「地下牢にいるコルクスをつれてこい！」

衛兵が連れ添った状態のコルクスがやってきたのはそれから直ぐのことだった。

地下牢から出され最低限の身だしなみを整えただけと思《おぼ》しきコルクスは、多少やつれていた。

……しかしそれだけで、厳しい眼光は変わることはなかった。

「クリス様、今回は一体どうされましたかな？」

その口調からは一切の心の揺るぎを感じることはできず、私は不愉快さを感じ、僅かに顔をゆがめる。

しかし、直ぐに口元に笑みを浮かべて口を開いた。

「なに、そろそろ反省したと思って出してやっただけだ。そのことに感謝してこれまで以上に尽くせ」

「恐れながら、私は間違ったことは何一つ言っておりませんので」

「……っ！」

私が必死に抑えてきた怒りの限界を感じたのは、その瞬間だった。

コルクスを睨みながら、私は叫ぶ。

「まだ口を慎むことすらできないのか？」

「クリス様も理解していないとは言わせませんぞ。この一ヵ月で、奥様のいない穴を感じない訳がない」

その指摘に、一瞬私は言葉が口から出てこなかった。

あふれる書類の山が瞬時にまざまざと私の頭をよぎり、けれど何とか私は頭から振り払った。

ネルヴァも、あくまでマーシェルのサボりの結果だと言っていたではないか。

自分に言い聞かせながら、私は叫ぶ。

「そんな大口を叩けるのも今日までだと思っておけよ、コルクス。お前はもう家宰ではないのだからな」

それを告げた瞬間、私は泣きわめくコルクスを想像していた。

みっともなく、慈悲を乞うてくるコルクスが見られるはずだと。

「ほう、それはよき考えですな」

……けれど、私の想像は裏切られることになった。

「この老いぼれもそろそろ休ませてもらいたいと考えていたところでしたので」

そう告げたコルクスの鷹《たか》のように鋭い視線は、一切変わることはなかった。

「……強がりを！」

コルクスに対して叫びながら、内心私は動揺を抑えることができなかった。

どうして家宰の立場を奪うと言われてこんな表情を浮かべられるのか、私には理解できなかった。

そんな私をまっすぐに見つめ、コルクスは告げる。

「いえ、本当にご自由に。アルバスならば、私の跡を問題なく継いでくれるでしょう」

「……アルバス？　あんな男に家宰の座などやるわけがないだろうが！」

コルクスの言葉に、私は思わずそう吐き捨てていた。

止めても聞かずに出ていったアルバスを家宰にしようとすれば、何度頭を下げねばならないか。

そもそも、あんな陰気な男を家宰にするなど私には認められなかった。

「……ほう」

コルクスの雰囲気が急に変化したのは、その時だった。

想像もしない反応に思わず目を見開く私に、コルクスは淡々と尋ねてくる。

「では、一体誰を家宰にするおつもりなのですか？」

「そ、そんなのネルヴァに決まっているだろう！」

「そうですか。では、私は家宰の立場から降りるのをやめさせていただきます」

「なっ！」

配下とは思えないコルクスの発言に私は呆然と立ち尽くす。

しかし、コルクスはそんな私など気にせず堂々と告げる。

「あんな男に侯爵家を牛耳らせる訳にはいきませんからな」

「き、貴様一体どの立場で……」

私の胸に怒りがあふれ出す。

しかし、そんな私を真っ向から見返し、コルクスは口を開く。

「これは言いたくはありませんでしたが——私は貴方に次ぐ継承権を持つ人間です。その意味を理解しておられますか？」

「……は？」

それはまるで想像もしていなかった言葉だった。

コルクスは今までどれだけ厳しいことを言っても、こんな謀反をほのめかすようなことを言ったことはなかったのだから。

しかし、コルクスの言葉は嘘《うそ》ではなかった。

何せ、コルクスは前当主である父の弟で、実際に継承権を持っているのだから。

そして、信じられない言葉に呆然としている時間も私にはなかった。

コルクスに付き添っていた衛兵がゆっくりとコルクスの側に……それもまるで守るように移動するのを見て、私は反射的に理解する。

ここで発言を間違えると、取り返しのつかないことになると。

「わ、分かった！　ネルヴァを家宰にするのはやめる！」

瞬間、私はそう叫んでいた。

……そして、その行為が私の首の皮をつなげることになった。

「それはよかった」

私の言葉を聞いた後、一切表情を変えることもなくコルクスは頷いた。

それを見ながら、私は内心悔しさに打ち震えていた。

どうして当主である私がこんな目にあわねばならないのだと。

いつか、必ずこの報いを受けさせてやる、そう私は強く決意する。

アルバスからもらった書類を私が思い出したのはその時だった。

内容が何なのか、未《いま》だ私は読めていない。

だが、最後の奉公と言っていたことを考えれば、あの書類は何らかの役に立つものだろう。

もしかしたら、どこかの貴族の弱みでも記されているかもしれない。

そんなことを考えた私は、無造作に机にしまい込んでいた書類を取り出した。

「家宰に戻るなら、きちんと仕事はしてもらうぞ。まずは、アルバスから預かったこの書類の中身を私に教えろ」

そう言って八つ当たり気味に投げた書類を受け取ったコルクスは、一瞬その顔に呆《あき》れを浮かべる。

「……これは侯爵家の暗号ですな。なぜ当主である貴方がこの暗号を読めないのか……。っ！」

コルクスが表情を一変させたのは、そう嫌みを告げた直後だった。

突然無言になったコルクスはその後一言も口を利くことなく、無心に書類の束を読み込んでいく。

それを見ながら、私の胸の中で期待が膨れ上がっていく。

ここまでコルクスが真剣に読んでいるということは、この書類は中々の内容なのだろう。

一体中には、何が書かれているのか。

気になった私は、コルクスが読んでいる途中にもかかわらず声をかける。

「おい、そこには一体何が書かれて……」

「黙っていてください」

「……っ！」

しかし、私の言葉に対するコルクスの反応には怒気がこもっていた。

「言いたいことは山ほどありますが、今は一つだけ。――この書類を読む私を邪魔しないでください」

それだけ言うとまた書類を読み込む作業に戻ったコルクスに対し、私は何も言うことができなかった。

おとなしくコルクスが書類を読み切るのを待つ。

そしてただならぬ表情のコルクスが書類から目を離したのは、それから十数分もたった頃だった。

私は咄嗟《とっさ》に声をかけようとするが、その前にコルクスが叫んでいた。

「今すぐ屋敷内の衛兵を集めろ！　数分後には、直ぐに動けるように準備しろ！」

「は、はい！」

その声に衛兵は、一目散に部屋から走り去っていく。

それを確認してから、ようやくコルクスはこちらを向いた。

「クリス様、この屋敷内で横領が行われている可能性があります」

「……は？」

——コルクスが告げたのは、想像もしない言葉だった。

コルクスに言われた衛兵達が、続々と部屋の外に集まってくる。

私がようやく事態を呑み込めたのは、彼らの存在を感じるようになった頃だった。

「……あの、忌々しい奴《やつ》らが」

私の口からそんな罵倒の言葉が漏れる。

一体誰が横領をしたのか、そんなこと私にはもう分かり切っていた。

つまり、私がクビにした使用人が腹いせに横領をして去って行ったのだと。

それ以外考えられないのだ。

何せ、ネルヴァは私の腹心の部下で、今屋敷にいる使用人達のほとんどはネルヴァの手の者だ。

そんな人間が、横領などを働くとは思えない。

考えられるのは、私に冷遇されたと思い込んでいる人間だ。

コルクスが、私のところにやってきたのは、ちょうど苛立《いらだ》ちが我慢の限界に達するころだった。

「休暇中のものまでは集められませんでしたが、ことは急を要します。下手人《げしゅにん》を捕まえにいきたいのですが、よろしいでしょうか？」

「かまわん！　なんとしてでも、横領した者を捕まえろ！」

「承りました。それでは私が案内させて頂きますので、万が一を避けるために衛兵に囲まれた状態でついてきてください」

そう言うと、コルクスは先頭に立って走り出す。

その姿はまるで歳を感じさせない様子で、私はにやりと笑う。

コルクスは責任を感じているに違いない、そう思って。

今まで私がクビにしてきたのは、コルクスと近い使用人達だった。

その使用人達が横領をしたかもしれない責任を感じているが故に、今コルクスはこれほどまでに必死に動いているのだろう。

先程まで、私に不敬な態度を取っていたのを、後でどう謝ってくるつもりなのだろうか、そんな想像に私の笑みは深くなる。

コルクスの罪悪感を利用すれば、家宰の座も奪えるだろう、そう思って。

……私の笑みが固まったのは、衛兵の向かう先に気づいた時だった。

「は？」

呆然とした声が私の口から漏れる。

それも仕方ないだろう。

衛兵達が向かっているのは、屋敷の玄関ではなく奥だったのだから。

本来なら、あり得ないはずだった。

なぜなら、クビにした使用人達はもう屋敷の中にはいないのだから。

けれど、衛兵達は止まらない。

先頭のコルクスに導かれるまま、まっすぐ屋敷の奥へと向かっていく。

「……どういうことだ、これは」

そして、たどり着いた場所を見て、私の口からかすれた声が漏れた。

――そこにあったのは、私がネルヴァに与えたはずの部屋だったのだから。

「ま、待て。何かの間違いじゃないのか？」

私は震えた声で、咄嗟にそう零《こぼ》す。

それに反応し、一瞬コルクスはこちらを向く。

しかし、直ぐにコルクスは正面を向いた。

「それも直ぐに分かります。……扉を蹴破れ」

「はい」

次の瞬間、コルクスに命じられた一人の衛兵が扉を蹴りつける。

そして、けたたましい音を立てて、扉が大きく開け放たれた。

……開け放たれた扉からのぞく部屋にいたのは、談笑していた様子のネルヴァとその取り巻き達だった。

突然のことにネルヴァ達は呆然とこちらを見ている。

しかし直ぐに、その顔に怒りを浮かべ口を開いた。

「な、なんだ⁉」

「誰の許可を得てこの部屋に踏み入ってる！」

つかみかからん勢いでコルクス達の方へと詰め寄っていく、ネルヴァ達。

しかし、そんなネルヴァに対するコルクスの言葉は淡々としていた。

「犯罪者だ。気にせず捕らえろ」

「はっ」

それからの衛兵の動きは早かった。

「やめろ！　触るな！」

「私をいったい誰だと……！」

「黙れ！」

騒ぐネルヴァ達を無視し、どんどんと捕らえていく。

「わ、私は侯爵家の女主人よ！　触らないで！」

……その最中、ここにいるはずのない声が聞こえたのはそのときだった。

呆然と顔をあげると、そこにいたのは私の妻であるウルガだった。

なぜここに、そんな思いが私の胸に浮かぶ。

そして、それはコルクスや衛兵達も同じだったようだ。

「……どうしてここにウルガ様が？」

「そんなこと、私の勝手……」

ウルガが私の存在に気づいたのは、そこまで言い掛けた時だった。

瞬間、ウルガは一目散にこちらの方へと向かってくる。

「旦那様、これはどういうことなのですか！」

「……いや、それは」

「私が次期家宰であるネルヴァに相談事を持ちかけている最中に、こんなことをされるなんて！　一刻も早く、次期家宰を解放するよう言ってください！」

その言葉に、私の胸に一瞬躊躇《ちゅうちょ》が生まれる。

何せ、実際に横領の証拠があった訳ではないのだ。

にもかかわらず、こうして捕らえるコルクス達の方が異常なのではないか、そんな考えが私の脳裏に浮かぶ。

けれど、ここに至っても、コルクスは冷静そのものだった。

「その必要はございません。この罪人どもが次期家宰など、絶対にありえない未来なのですから」

そう言って、コルクスはゆっくり歩き出す。

今まで痛みにもだえていたネルヴァが顔をあげたのはその時だった。

「……っ！　お前！」

しかし、衛兵に捕らえられたネルヴァが動けるわけがなかった。

ゆっくりと部屋にある一つの椅子の前に立ったコルクスは、その座面を持ち上げる。

「なっ！」

――その下にあったのは、侯爵家が代々受け継いできた財宝の数々だった。

それを目にし、何も言えなくなった私にコルクスは告げた。

「これが証拠です」

◇◆◇

それから、侯爵家は一気にあわただしくなった。

何せ、ネルヴァ達が盗んでいたものはそれだけ価値の大きい物だったのだから。

数時間経ち、ようやく一息つける段階にまで確認が終わった私とコルクスは、情報の摺《す》り合《あ》わせのために書斎に集まっていた。

「ふむ。それでウルガ様の懇願で、ネルヴァは地下牢に幽閉するだけだけど」

「……ああ」

「斬首されてもおかしくない罪を犯したのに、それだけの罰ですか？」

そう問いかけてくるコルクスの声はいつにも増して厳しく、私は唇をかみしめる。

けれど、今の私には決死の表情で訴えてくるウルガを説得する気力など残っていなかった。

そんな私にコルクスが眉をひそめ、告げる。

「そもそも、あのようにしてウルガ様が訴えることになんの異常も感じないのですか？」

「うるさい！　それなら貴様が説得したらよいだろうが！」

その瞬間、私は耐えきれず叫んでいた。

「何だ貴様は！　すべて私のせいだと言いたいのか」

「はい」

「……っ！」

私の言葉に一切の躊躇なく頷いたコルクス。

その態度に、目の前が真っ赤に染まる。

「そもそもあんな使用人を残していたマーシェルとお前の責任だろうが！」

次の瞬間、私は怒りのままに叫びながら腕を振り上げていた。

だが、私の平手がコルクスに当たることはなかった。

……その前に、コルクスに殴られたことによって。

「あがっ！」

「本当にどうしようもありませんな、貴方は」

痛みにのたうつ私を見ながら、コルクスが吐き捨てたのは、そんな一言だった。

「そもそもあんな質《たち》の悪い使用人が来た経緯をどうして忘れられるのか」

「な、何を……」

「あの使用人どもをこの家に入れると強引に決めたのは貴方です」

「は？」

「覚えていませんか？　貴族を使用人として迎え入れるのは、侯爵家の人間として当然と言ったことを」

「……っ！」

私の頭にかつての記憶が蘇《よみがえ》ったのはそのときだった。

確かに私は、ほかの貴族に請われるまま三男や、娘を使用人として雇うことを決めた。

……それがネルヴァ達だと、私は知る由もなかった。

「そして、クリス様がクビにした使用人こそ、横領の証拠などを摑《つか》んでいた人間です」

「なっ！」

「分かりませんか？　貴方はネルヴァにいいように使われていただけなんですよ。――今までネルヴァを抑え、家を回してくれていた奥様を捨てて」

その瞬間、私はようやく理解する。

自分の行為がもたらした事態を。

……自分がいったい、何をしたのかを。

「……違う！　私は！」

理解しながらも、私はその事実を受け入れることができなかった。

必死に、私はコルクスへと声を張り上げる。

「私は必死に書類だって、あの難易度の高いものを……」

「奥様はそれを常にやっておられましたよ。それも役に立たない当主の代わりにね」

そう告げるコルクスの目はただただ冷え切っていた。

「そもそもクリス様が、ただ当主が許可を出せばいいだけの書類しか処理しなくても、どうにかなっていた理由が分かりますか？　他はすべて、奥様が代わりに処理してくれていたからです」

「……それ、は」

そう言われ、私は気づく。

ネルヴァの言っていたことは大嘘で、マーシェルがサボっていたなどあり得ないことを。

その時になって、私は理解せざるを得なかった。

自分は、ネルヴァ達に踊らされていたにすぎないことを。

「ようやく理解できましたかな？　貴方が一体どれだけ取り返しのつかないことをしたかを」

その時には、私も理解していた。

マーシェルを追い出したということが、どれだけ侯爵家にとって大きなことだったかを。

「……違う。悪いのは説明もなく消えたマーシェルだ！」

しかし、そう理解しながらも私は認めることができなかった。

「こうなるんだったら、もっと説明すべきだった！　そうに決まっている」

そう私が叫ぶ度に、どんどんとコルクスの表情から温度が消えていく。

また、私も自分がどれだけ自分勝手なことを言っているのか、理解していた。

それでも、認められる訳がなかった。

……認めてしまえば、私がただの無能だと言っていることになると理解しているが故に。

「ネルヴァの横領でどれだけの被害が侯爵家に出たか、分かって言っているのですか？　もうすでにどれだけの品がネルヴァによって売り払われたかも分かっていないのに？」

そんな私を見るコルクスの目は、冷え切っていた。

「……そんなもの、取り返せばいいだけだ」

「まともな使用人さえ追い出したのに、ですか？　――もしかして、公爵家との取引があればなんとかなると考えているのですか」

「……は？」

コルクスの言葉の意味、それを私は理解することができなかった。

公爵家といえば王族の血を引く大貴族で、特に現当主はとんでもないやり手と聞く。

しかしなぜ、その公爵家が突然出てきたのか、私には理解できなかった。

そんな私にコルクスは顔に怒りを浮かべながら口を開く。

「言っておきますが、公爵家との取引はまだ途中段階で、奥様が消えているのですよ。そんな状況で成功を……」

「……待て！　だからそれはなんの話なんだ？」

「……は？」

次の瞬間、コルクスの顔から表情が抜け落ちた。

私は今までに見たことのないその表情に言葉を失う。

コルクスが口を開いたのは、それから数十秒してからのことだった。

「……ご冗談を。書類に関してはクリス様のご確認も、もらっていたはずですよね」

「書類……？」

その瞬間、私はコルクスが言っているのが、以前まで私が処理していた書類を指していると気づく。

けれど、それは私がただ侯爵家の公印を押すだけの書類で。

……その中身を、私が見たことなど今までなかった。

そんなことを言える訳もなく、私はどう言い訳しようか必死に頭を回す。

だが、すでに手遅れだった。

「まさか、あの書類の中身を見てさえいないのですか？」

私の態度から悟ったコルクスが、初めて聞くような震えた声で尋ねてくる。

それに誤魔化しきれないと頷いた私に、呆然としながらコルクスは呟《つぶや》いた。

「……こんな馬鹿がどうして？」

「……っ！」

それは初めて、コルクスが面と向かって私に投げた罵倒だった。

けれど、もう私の胸に怒りがわくことさえなかった。

ただ、呆然とすることしかできない私を、コルクスは信じられないものを見る目で見ている。

しかし、次の瞬間部屋から飛び出し、叫んだ。

「誰か、早くアルバスを呼べ！」

焦燥を隠さない表情で戻ってきたコルクスは私に叫ぶ。

「私は公爵家との取引には関わっておりませんでしたが、アルバスが奥様のサポートをしていました。アルバスさえいれば、今からでも公爵家に話を……」

「……まて、そんなことはありえない」

「は？」

呆然とたたずむコルクスに、私はゆっくりと口を開く。

「あの男は、もう侯爵家にいない」

「は？」

私の言葉に、コルクスは言葉を失う。

そして、信じられないと表情で語りながら口を開いた。

「待って、ください？　あのアルバスが、侯爵家を後にしたのですか？」

……その問いに、私は何も答えることができなかった。

もう、分かっていた。

すべて自分のせいであると。

けれど、今の私にはそれを認めることはできなかった。

「あの裏切り者が一体何をしたと思っている！」

「……裏切り者？」

その瞬間、コルクスの顔からまた表情が抜け落ちる。

けれどそれで止まることなく、私は叫んだ。

「そうに決まっているだろう！　あの男は、王宮に逃げたんだぞ！」

それを言ってから、コルクスは何も言わなかった。

ようやくその口を開いたのは、それから少ししてのことだった。

「……奥様にどう、謝罪すれば。こんな人間の下で奥様はあがいていたのか」

「……っ！　貴様、先ほどから誰を相手にものを言っていると思っている！」

その時になって、我慢の限界を迎えた私は思わず叫んでいた。

感情のままに、私はコルクスを睨みつける。

けれど、そんな私を前にしてもコルクスの顔色は一切変わることはなかった。

「それはこちらの言葉です、クリス様」

「何を言っている？」

「貴方は、どれだけの思いでアルバスがここから去ったのか、まるで理解していない……！」

その言葉の意味が、当初私には一切理解できなかった。

けれど、それを口にするにはあまりにもコルクスの表情は怒りに満ちていた。

何も言えず黙りこくった私に、コルクスは続ける。

「アルバスは、侯爵家に幼少のころ拾われた人間です。そしてそのため、侯爵家に命を捧《ささ》げていた」

「それがどうした！　現にアルバスは勝手に王宮に……」

「本当に勝手に出て行ったのなら、これを残すわけがない！」

そう言って、私の前にコルクスが差し出したのは、横領のことが書かれた暗号の書類だった。

それを前に言葉を失った私に、コルクスは口を開く。

「まだ分からないのですか？　ネルヴァは自分を告発しようとした使用人をクビにするよう貴方に訴えていた。けれど、なぜ唯一貴方に直談判《じかだんぱん》できるアルバスを残したと思いますか？」

「……え？」

ようやく、私が異常に気づいたのはそのときだった。

そう言われればその疑問は当然のものだった。

アルバスがコルクスに目をかけられていることを、ネルヴァが分からないわけがない。

にもかかわらず、なぜネルヴァはアルバスには手を出さなかったのか。

私がその疑問を持つに至ったことを確認してから、コルクスは口を開いた。

「それはすでに、アルバスが王宮の使用人になるとネルヴァに告げていた以外に考えられないのですよ。もう、侯爵家を見限った、そう装うことでネルヴァを油断させた」

「っ！」

「そこまでして、自分の信念を曲げ、ネルヴァを欺けたからこそ、アルバスは私にこの書類を渡すことができた」

そう言って、私に視線をやったコルクスの目には隠しきれない怒りが浮かんでいた。

「──貴方は、そうまでして侯爵家を守ろうとした人間を、裏切り者と呼んだ」

「……っ！」

その言葉に、もう私は何も言うことができなかった。

ただ、呆然とその場に立ち尽くす。

そんな私を一瞥した後、ゆっくりとコルクスは背を向ける。

一礼さえなかったが、もう私に言えることなどありはしなかった。

「屋敷中を探せ、奥様のことだ。手紙を残されている可能性がある」

「は、はい！」

慌ただしくなってきた屋敷内の騒ぎを聞きながら、私は自身の顔を覆う。

その瞬間、私の頭に蘇るのは今までの出来事だった。

アルバスが辞去を告げてきた時、恩知らずと叫び、去って行くアルバスを止めようとすらしなかったこと。

マーシェルに契約が終わったと告げた時、渡された書類を処分するように使用人に告げたこと。

……そして何より、マーシェルをこの屋敷から追い出したこと。

全てを思い出しながら、私は呆然と呟く。

「どうして？　私は、こんなことにするつもりなど……」

今更すぎる、後悔の言葉。

それは誰の耳に入ることもなく、空中に霧散していった。

◇◆◇

「……私は、奥様にどう詫《わ》びれば」

あまりにも今更な言葉。

それを私、コルクスが呟いたのは深夜、自室でのことだった。

頭をよぎるのは、今までのことに対する後悔。

……自分のあまりにも救いようのない奥様への態度だった。

私は今まで奥様のことを及第点の女主人だと思っていた。

未熟とはいえ、今の当主であるクリス様を無視するような采配。

優秀であるとは認める一方で、他家の人間でありながらおこがましいのではないか、そう感じていた部分もあった。

それが勘違いだと気づいたのは、手後れになった後だった。

手の施しようのないクリスの姿に私は拳を強く握りしめる。

——最悪、クリスは傀儡《かいらい》にしていい。絶対にマーシェルを侯爵家から離れさせるな。

かつて、前当主様に言われた言葉が私の脳裏をよぎる。

その際、私はただ曖昧に頷くことしかしなかったが、今やっとその意味を理解していた。

「……あの遺言を守っていれば！」

そして、実のところ私が奥様と手を結べば、それも難しい未来ではなかった。

何せ、私は三代にわたって侯爵家に仕えてきた人間だ。

こと使用人に対する権限に関しては、ただの息子で考えなしのクリスとは比較にならない。

……クリスはそのことにさえ気づいていなかったが。

使用人に対して絶大な権限を持つ私と、貴族社会において大きな人脈を築いた奥様。

その力をあわせれば、クリスなどどうとでもできて。

……そして私は、そう判断をすべきだった。

けれど、私が行ったのは真逆だった。

私は今まで、できる限り口出しを行わず、命令もアルバスを通じて行うようにして、自身の影響力をなるべく削《そ》ごうとしてきた。

全ては私の大きすぎる影響力が、侯爵家内部において混乱のもととならぬように。

素直に牢に入ったのも、それが理由だ。

だが、私はあのとき全力でクリスに刃向かうべきだった。

「いや、違うか。私はもっと前に刃向かうべきだったのだ」

……そこまで考え、私は深々とため息をもらした。


そう、私がやるべきだったのはもっと奥様に寄り添うことだったのだ。

私はふと、アルバスが残した書類を手に取る。

そして、そこに書かれた最後の言葉を口に出して読んだ。

「……もう奥様を解放しましょう、か」

恥ずかしながら、私が奥様にしてきたことの意味を理解したのは、それを読んだ時だった。

その文字を読んだ私は、ゆっくりと確信する。

もう、侯爵家に未来などあり得ないことを。

せめてアルバスがいれば、もしくは解雇された使用人が残っていれば、また、侯爵家の資産が残っていれば。

その中の一つでもあれば、まだ話は違っただろう。

けれど、もうすでに全てが手遅れだった。

そう理解した上で私は決意する。

「……奥様に手が伸びることだけはなんとしても」

老い先短いこの身、侯爵家とともに滅ぶのも仕方ないと割り切っている。

だが、そこに奥様は巻きこませはしないと。

「もし、クリス様が手を伸ばばそうとすれば、そのときは」

そう呟いた私の目には、隠しきれない決意が浮かんでいた。

◇◆◇

「……何で、何で、何で！」

ネルヴァが地下牢へと入れられて数日。

私、ウルガは自室でどうしようもない苛立《いらだ》ちを堪《こら》えきれず呟いていた。

どうしようもない苛立ちは、どれだけ口にしても私の中から消えることはない。

それを理解しながらも、苛立ちが抑えられず私は何度も何度もその言葉を繰り返す。

……無駄だと分かっていてもそうしてしまうほどに、現在の私の状況は想像すらしていないものだった。

本来であれば、私は今ここで自由な生活を送っているはずだった。

けれど、その想像と現実は大きく違った。

仕事が忙しいと、一切構ってくれなくなったクリスは、急に私にも書類の処理を頼むようになってきた。

といっても、まだそれだけなら我慢はできた。

「侯爵家の女主人ならもっと贅沢《ぜいたく》できるんじゃないの！」

そう、私が一番気に入らないのは、まるで変わらない生活水準だった。

いや、むしろ愛人時代の方がもっと豪華な暮らしをしていたんじゃないか。

そうとさえ、思う時がある。

それらの鬱憤を晴らすように私は執事のネルヴァと関係を持ったが、だからこそネルヴァの横領が発覚した時は血の気が引いた。

幸いにもクリスの方は一切気づいていなかったが、コルクスは明らかに全てに気づいていた。

それどころか、ネルヴァの横領の責任が私にもあると言いたげに、衛兵達によって私を見張らせるようになっていた。

そのせいもあって、以前にも増して私の生活は窮屈なものとなっていた。

「なんで、全部全部上手《うま》くいかないのよ！　私は侯爵家の女主人なのよ！」

この現状で私ができたのはそうして叫び、鬱憤をぶつけることだけだった。

……しかし、それで何か起きるどころか、返ってくる声さえ存在しなかった。

その現実に、私は頭を抱えて呟く。

「どうして。女主人にさえなれば、全部上手くいくはずじゃなかったの？」

どうしてこんなにも上手くいかないのか、私は呆然と呟く。

「……ようやく、あの忌々しい女を追い出すことができたのに！」

そう叫ぶ私は知らない。

全ての原因は、その女を追い出したことだと。

そう、私はもっと早くに気づくべきだったのだ。

自分が一方的に敵視していたその存在が、一体どんな人かを。

——未だ、自分の思い通りに物事が動かない、その程度を嘆いている私が真実を理解することはなかった。

第三章　新生活

目を覚ました時、私の目に入ってきたのはまるで見覚えのない景色だった。

「……どこ、ここ？」

その景色に、私は呆然《ぼうぜん》と呟《つぶや》く。

しかし、直《す》ぐに思い出した私は、自身が寝ているベッドから跳ね起きた。

「嘘《うそ》、私……！」

思わず叫んだ私の脳裏に蘇《よみがえ》るのは、アイフォードの顔を見た時の記憶。

といっても、正確にここに来るまでのことを覚えている訳ではない。

私が記憶しているのは、最後迎えに来たアイフォードに導かれるまま、馬車に乗ったこと。

「私はあの後、眠くなってしまって……」

そこまで思い出し、私は自分の顔から血の気が引くのを感じる。

扉が叩《たた》かれたのは、そんな時だった。

反射的に身構えた私だが、次の瞬間聞こえてきたのは、年老いた女性の声だった。

「失礼します。部屋に入らせて頂いてもよろしいでしょうか？」

「あ、その、はい」

「ありがとうございます」

私が了承すると、ゆっくりと扉が開く。

現れたのは、使用人だと分かる衣装を身に纏《まと》った老婆だった。

一体誰なのかも分からず呆然とする私に対し、彼女は優しくほほえんで口を開いた。

「お初にお目にかかります。私はこの屋敷《やしき》で使用人をしております、ネリアと申します。何かあれば、気軽に名前を呼んでくださいな」

「あ、その、よろしくお願いします」

そのネリアに、私は困惑しつつも、何とかそう告げる。

私が会ってきた老人の方々は、厳しい家宰のコルクスのような人達ばかりだった。

けれど、目の前のネリアは正反対の優しそうな雰囲気を纏っていた。

その雰囲気に少しの間呑《の》まれていたが、私は気づく。

何よりも一番に聞くべきことを聞けていないことに。

「少しよろしいですか？」

「はい？　どうかいたしましたか？」

にっこりと優しそうにこちらを見るネリアへと、私は問いかける。

「……ここはどこなんですか」

「まあ」

そう問いかけると、ネリアは少しだけ目を見開き、軽く頭を下げた。

「これは、肝心なことをお伝え忘れていて申し訳ありません」

私の言葉に、にっこりと笑ってネリアは言った。

「ここは準男爵、アイフォード様のお屋敷となります。寝入った貴女《あなた》をアイフォード様が連れてこられたのですよ」

「……っ！　ここがアイフォードの屋敷⁉」

私がようやく確信したのはその時だった。

ここに来るまでの記憶は夢でもなんでもない。

ここは私を助けたクリスの弟——アイフォードの屋敷であることを。

◇◆◇

アイフォード。彼は侯爵家先代当主の庶子であり、次期当主候補の一人だった。

身分はクリスよりも圧倒的に低いにもかかわらず、最有力候補とされていた天才。

それこそが、クリスの異母弟たるアイフォードという人間だった。

侯爵家にいた頃、私はアイフォードと仲がよく、けれど彼が追放されてから久しく会っていなかった。

「これもお似合いですね、マーシェル様。ほっそりされていて本当におきれいです！」

「……ありがとうございます」

それ故に私は、服を着付けてもらう時になっても、衝撃から立ち直っていなかった。

ネリアのされるがままになりながら、私は呆然と考えていた。

実のところ、私はアイフォードが準男爵という身分を得たことに関しては、風の噂《うわさ》で知っていた。

騎士として手柄を立てた上でのものであることも。

……しかし、これほどの屋敷を持つ身分になっているとは、知る由もなかった。

確かに、騎士が準男爵の爵位を手にすることはあるが、決して楽な話ではない。

よほど活躍をしたのでなければ、その身分を与えられることはないだろう。

その上、この屋敷は準男爵が持てるレベルのものではなかった。

子爵家のものだと言われても、私は信じていただろう。

この屋敷はそれほどのもので、故に私は驚愕《きょうがく》を抑えられない。

その内心を私の様子から悟ったのか、ネリアは笑った。

「驚かれましたか、マーシェル様？」

「え？」

思わず呆然としてしまった私に、ネリアは何かを思い出すように、遠くへと目を向けながら口を開く。

「そうですよね。こんなお屋敷を得られるのは高位の貴族様くらいですもんね。……旦那様は、ある人のために、と頑張ってここまでこられましたから」

「……ある人？」

その言葉を私はおうむ返しする。

恐らく、その人というのは侯爵家を出てから出会った人間だろう。

侯爵家を後にしてから、アイフォードは素敵な人に出会い今の地位まで上りつめたに違いない。

何せ、侯爵家でのアイフォードへの扱いは酷《ひど》いものだったのだから。

……クリスのためにアイフォードを裏切った私も含めて。

その人についてネリアに聞こうとしたその時、私に衣装を着せていたネリアが身体《からだ》を離した。

「さて、準備は整いましたよ」

「……え？」

彼女の方へと目を向けると、彼女はにっこりと笑って告げる。

「食卓でアイフォード様がお待ちです。行きましょうか」

その言葉にあわてて立ち上がるも、私は今更ながら鼓動が速まっていた。

そう、自分が追放したアイフォードの屋敷にいるのだと、私は改めて理解する。

……それも復讐《ふくしゅう》として何をされても文句を言えない立場であることも。

そう自覚した瞬間、私の顔を緊張が覆う。

けれど、もう全てが遅かった。

にっこりと笑って、ネリアが口を開く。

「怖がらなくても大丈夫ですよ。旦那様は優しい人ですから」

その言葉に、私は反射的に「知っている」と言いそうになる。

……その優しさにつけ込んで、私は最悪の行為をしたのだから。

しかし、何とか微笑《ほほえ》みを浮かべて私は告げる。

「そうなんですね」

「では、行きましょうか」

そんな私に微笑みかけ、ネリアはゆっくり歩き出す。

……その後を追う私の足取りはどうしようもなく重いものだった。

私がネリアに案内されて向かったのは、豪華な食卓のある部屋だった。

緊張を隠せず部屋に入る。

すると、そこには一人の長身の男性が存在していた。

私が言葉を口にしようとする前に、その男性は口を開いた。

「久しぶり、いや、昨日ぶりというべきか？」

その言葉に、私は思わず唇を噛《か》む。

二回目だというのに、どうしようもなく心が乱されるのを私は感じていた。

「よく眠れたか、マーシェル？」

顔を上げると、そこには記憶よりも背の高くなった彼がいた。

侯爵家代々の当主と同じ金髪をしたクリスと違い、黒い艶《つや》やかな髪。

そして、鍛え上げられた長身と、髪が長ければ女性にも見えるだろう美麗な顔。

それは確かに昔の彼の面影を濃く残していて。

……けれどその顔には、一切の表情がなかった。

「……っ」

かつてアイフォードは、侯爵家の中で私に笑いかけてくれた数少ない人だった。

その記憶があるからこそ、私は目の前の姿に、思わず息を呑んでいた。

そんな私に、アイフォードは笑みを浮かべる。口元だけ歪《ゆが》ませた、形だけの笑みを。

「そんなに怯《おび》えることはないだろう？　マーシェル。一応お前のことは、使用人には俺の客として扱うよう言ってある。ひれ伏す必要などないんだぞ」

それは気遣いにも聞こえる言葉だった。けれども、気づかずにはいられない。

その言葉に、どうしようもない複雑な感情がこもっていることを。

……当たり前だ。

裏切った私へ復讐心を抱いていないわけがない。

かつて、アイフォードはクリスの兄弟として侯爵家当主の座を巡って争う立場だった。

クリスなど比較にならない能力を持っていたアイフォードは、長年にわたって侯爵家の家宰を務めてきたコルクスにも目をかけられていた。

けれど私は、侯爵家前当主に掛け合い、強引にアイフォードを次期当主候補から外させた。

それも、アイフォードを騙《だま》し討ちにするような形で。

そして、その時から私には覚悟を決めていることがあった。

——もう、アイフォードに今までのような態度をとることなど許されはしないと。

「……いいえ、客などと、そのような扱いをしてもらえる立場にはありません。どうか、召し使いのようにお使いください」

だから、私は咄嗟《とっさ》に跪《ひざまず》いていた。

そんな私に対し、アイフォードは何も言わなかった。

けれど、少ししてアイフォードは声を上げて笑い出した。

「ふふ、ふふふ」

徐々に大きな声を上げて笑うアイフォードに、私は反射的に顔を上げる。

そんな私を見て、目だけ一切笑っていない表情でアイフォードは告げた。

「よく立場を分かっているじゃないか」

そう言うアイフォードに、私は小さく唇を噛み締める。

分かっていると思っていたはずだったのに、その瞬間、私ははっきりと思い知らされる。

……自分がいかに取り返しのつかないことをしたのかを。

そう思ってしまったからだろうか、私の脳裏にかつての記憶が蘇る。

──俺は、妾《めかけ》の子だ。ここで勝ち抜くしか生き残る道はない。

──お前も母親で苦労したのか？　同じだな。

忘れもしない。

それは、かつて私がアイフォードにかけられた言葉だった。

間違いなく私とアイフォードはその時親交を深めていて。

……けれど、私はクリスを当主にするために、半ば騙し討ちのような形でアイフォードを追放し

たのだ。

そう、私はアイフォードにとって裏切り者だった。

どうしようもなく胸に溢《あふ》れる感情に、思わず私はアイフォードの方を見る。

しかし、その感情を抑え込んで私は頭を下げた。

もう、私には思い出に浸る自由など残されていないのだから。

「旦那様、そんな……」

思わずといった様子でネリアが口を開いたのはその時だった。

しかし、そのネリアの言葉はどちらの人間にも響くことはなかった。

「常に世話になっているところ悪いが、これは二人の問題だ」

「でも、しかし……」

「あの時、俺は侯爵家当主の座を得る寸前だった。なあ、マーシェル？」

その言葉に、私は顔を上げる。

そして、ゆっくりと頷《うなず》いた。

「はい。アイフォード様は間違いなく、侯爵家の人間の期待を一身に背負っていました」

そう、あの時アイフォードはコルクスにさえ、認められていた。

あの時私が手を出すことさえしなければ、アイフォードが当主の座を得るのは決して難しい話ではなかっただろう。

……それを理解した上で、私はアイフォードをはめた。

私の胸に、痛みが走る。

もう、ネリアが口を挟むことはなかった。

沈黙の中、ゆっくりとアイフォードが口を開く。

「マーシェル、お前は理解しているだろう？　お前は俺に二つ借りがあると」

二つ、その意味が私に分からない訳がなかった。

すなわち、裏切ったことと、私を拾って助けてくれたことだと。

「その様子ではきちんと分かっているようだな。それでこそ、メイリの報告を聞いて迎えに行った甲斐《かい》があるというものだ」

「……っ！　メイリが⁉」

「ああ。あの専属使用人の忠義に感謝するんだな。そうでなければ、今お前は愛人宅の前で野たれ死んでいたかもしれないのだからな」

今まで冷え切っていた心に温かみが生まれたのはその瞬間だった。

そんな私を静かに見ていたアイフォードはまた口を開く。

「その前に、クリスの為《ため》に俺を追放したことを償って貰《もら》うがな」

「……っ！」

息が止まるかのような衝撃を覚えたのはその瞬間だった。

今更ながら私は悟る。

アイフォードが私を救ったのは、私の為ではない。

全て何か目的があってのことで……私はその全てを償わなければならないのだ、と。

そう理解した私は、すぐにその場で頭を下げ、跪いた。

「分かっております。私は罪があるだけではなく、温情まで頂いた身。私はアイフォード様の目的の駒となりましょう」

その言葉を告げながら、私はかすかに安堵《あんど》しているのを感じていた。

私はクリスに捨てられた人間。

その時点で価値はないゴミになっていたはずだった。

けれど、アイフォードに拾われたことで、私はまた価値を与えられる。

まだ、人間として生きることを許される。

……けれど、同時に私は胸に空虚さがあることにも気づいていた。

ふと、私の頭に浮かんだのは無意味な思考。

このまま、アイフォードの駒になったとして私にはなにがあるんだろうか、という思い。

しかし、それをすぐに私は振り払う。

私がやるべきことは償うこと。

それ以外を考える暇などないのだ。

とにかく、アイフォードに尽くし、罪滅ぼしをするのが私の役目。

そう自分に言い聞かせながら、私はアイフォードの反応をうかがうべく顔を少し上げる。

……そして、わずかに困惑したような表情を浮かべたアイフォードを目にし、私の胸は高鳴ることになった。

高鳴る心臓に気づきながら、私は必死に思考する。

何か、私はアイフォードの不興を買うような言葉を言ってたのかと。

この下手《したて》に出るやり方は、クリスを唯一怒らせなかった方法だった。

だからこそ、動揺を隠せない私にアイフォードはゆっくりと口を開いた。

「……何だ。ここまで言っておいてなんだが、そこまで堅苦しくなくていい」

「……え？　いいえ、でも」

「いいから、やめろ。その言葉遣い」

そう言った後、アイフォードは困ったように私を見て告げる。

「俺はお前を戦力として求めている。つまり、お前が働ける状態であることを望んでいるんだよ。だからな……」

そこで一瞬言いよどんだアイフォードは、最後に吐き捨てるように告げた。

「……必要以上に無理はするな。逆に迷惑だ」

それだけ言うと、アイフォードは私に背を向けて部屋から出ていった。

あまりにも素っ気ない言葉。

けれど胸の中に、温《ぬく》もりが広がっていくのに私は気づいていた。

単純に手をかけさせるな、そういう意図の言葉だと分かっている。

「……でも、こんなこと初めて言われたな」

そう言いながら私の頭に浮かぶのは、今まで自分が尽くしてきたクリスや、実家のことだった。

どれだけ頑張っても、彼らからねぎらいの言葉など私は貰ったことがなかった。

貰えるのは、冷たい言葉だけ。

しかし、アイフォードは裏切ったはずの私に、ねぎらいの言葉をかけてくれた。

それは、かつての優しいアイフォードを思い起こさせる態度で……私の胸に鋭い痛みが走る。

私は、アイフォードを裏切ったのだ。

こんな優しい人を。

「……だったら、せめて償わないと」

そう呟き、私は胸の前で強く手を握りしめる。

絶対に全てを償い、返さないとならない。

どれだけ時間がかかっても。

しかし、その決意に反して私の胸に浮かぶのは、温もりだった。

◇◆◇

それは侯爵家と比べても豪華な部屋。

その中で私、クリスは恰幅《かっぷく》のいい男性の前で座っていた。

「ということで、マーシェルはこの場に来ることができず、第二夫人にあたるウルガです」

私は隣にいるウルガをそう紹介する。

そんな私たちを見る男性の視線に一瞬身体が震えるが、その目の前の男性は気にせず、にっこりと笑って口を開いた。

「そうか。この時期に体調を崩すとは珍しい。奥方にも、身体を大事にするよう伝えてくれ」

「はい。ご温情まことにありがたく思います。妻も、大いに感激するでしょう」

内心私は、大いに安堵しながら頭を下げる。

床を見ながら、私の頭に浮かぶのはここにくる前、コルクスに口を酸っぱくして言われていたことだった。

――マーシェル様がいないことはなんとしても隠し通してください。

最初は何という無茶ぶりだと感じていたが、少なくとも今は目の前の男性……公爵家当主が不審に思っているようには感じることはなかった。

そのことに内心で自分を褒めながら、私はさらに次の話へと続ける。

「妻の体調の件だけでも申し訳ないところ恐縮ですが、実は体調が悪いせいで引き継ぎに少し支障がでておりまして……」

「……それは本当か！」

目の前の男性の顔色が変わったのはその瞬間だった。

その変化に、一瞬私はひやりとしたものを感じる。

「あの奥方が引き継ぎを怠るとは、そんなに体調が思わしくないのか……。我が家からも見舞いの品を送ろうか？」

　けれど、幸いにもその態度の変化はマーシェルの不在に気づいた故のものではなかった。

　内心私は安堵するが、直ぐに愛想笑いをして口を開く。

「いえ、少し体調を崩しただけですのでお気になさらないでください」

　見舞いなどされて、不在であることが分かれば、面倒臭い事態になることは分かり切っている。

「……そうか。だが、もし何かあったのならすぐ言ってくれ。私はいつでも協力する所存だ。あれほどの女性が体調を崩しているのを放置するというのは忍びないからな」

　そんな私に、公爵家当主がそれ以上つっこんでくることはなかった。

　内心私はそのことに安堵しつつ……けれど、複雑な感情が自分の中に生まれているのを感じる。

　横にいるウルガが口を開いたのは、そのときだった。

「それはあの女をかいかぶりすぎでは？」

　その瞬間、頭にコルクスが言っていた言葉が蘇る。

　——ウルガ様、貴女は極力話さないようにしてください。

　その言葉通り、私はウルガを止めようとして。

「ウル……」

　……けれど、私はその言葉を途中でやめた。

　胸に浮かぶのは、ウルガの言葉が真実ではないかという反発。

　ここで止める意味があるのか、そんな思いが私の胸によぎり。

「クリス殿、貴殿の愛妻にはもっと教育が必要なようだな」

――公爵家当主がぞっとするほど冷たい声を上げたのはその時だった。

背中が粟立《あわだ》つ感覚とともに、私はふと理解する。

自分が選択を大きく間違えたことを。

しかし、そう悟ったところで事態が改善する訳ではなかった。

一言も話せない私に対し、冷たい視線で公爵家当主は続ける。

「いや、教育が必要なのは貴殿自身かな？」

「……っ！」

その言葉に怒りと羞恥で私の顔が熱くなる。

しかしここで何かを言える立場に私はなかった。

それを理解しているが故に、私は必死で怒りをこらえる。

そんな私を冷ややかに見つめながら、公爵家当主は口を開く。

「失礼だと言いたそうな態度だね。だが、これに関しては謝る気はないよ。君にそこまでの敬意を払う必要を私は感じない」

「なっ！」

「陰の支配者、そんな異名が奥方につけられる原因となった自身の行動、今までの全てを少しは省みたらどうだ？」

そう言って、公爵家当主は立ち上がり、私に背中を向け扉へと歩いていく。

しかし、部屋を出る直前私へと振り返った。

「あと、一つ言っておくが、私は奥方が戻るまで取引の件について話し合う気はない。精々奥方を看病したまえ」

「は？」

呆然として声を上げた私の目の前を、音を立てて扉が閉まる。

その時になって、血の気が引いた頭で私は理解する。

……このままでは、最悪の事態になると。

「ま、待ってください！」

そう悟った次の瞬間、私は扉の方へと走り出す。

しかし、その手が扉に届く前に私は側《そば》にいた衛兵によって、制された。

「それ以上進むのは許されません」

「っ！　いいから、私を通せ！」

「まだ分かりませんか？」

腰の剣に手をかけ、衛兵は口を開く。

「主《あるじ》は貴方《あなた》とは話をしないと言っているのです。どうぞ、お引き取りください」

よろよろと後ろに下がりながら、私はようやく気づく。

自分は最悪の失態を犯したことを。

……こうして取引はほぼ断絶した状態となった。

◇◆◇

それからウルガと共に屋敷に帰ってきた私だが、それでも怒りが収まることはなかった。

「ふざけるな、どうしてこんなことに……！」

苛立《いらだ》ちのままに、私は側にあった椅子を蹴りつける。

「おやめください。今はそんなことをしている場合ではない」

そんな私を制したのは、険しい顔をしたコルクスだった。

しかし、その言葉はさらに私の苛立ちを募らせるだけだった。

「ふざけるな！　話を聞いていなかったのか？　ウルガのせいで、取引は途絶えたのも同然なのだぞ！」

そう叫んだ瞬間、私の胸の中にさらなる怒りが湧き出してくる。

帰りの馬車の中でもウルガに散々文句を言ったが、怒りは少しも解消されることはなかった。

しかし、私の叫びを聞いてもなお、一切コルクスが動じることはなかった。

「本当にそれだけだと思っているのですか？」

「……どういうことだ」

揺らぐことのないコルクスの視線に、内心大いに動揺しながら私はそう問いかける。

「確かに、ウルガ様の言動は軽率極まりないと言えるでしょう。一言も話すな、そう言い聞かせていたはずですのに」

その瞬間、私は安堵する。

やはり、コルクスも私は悪くないと分かっていたかと。

「やはりコルクスもそう思っている……」

しかしそれは勘違いだった。

「ですが、どうしてクリス様は直ぐにウルガ様を叱責しなかったのですか？」

「っ！」

鋭い鷹《たか》のような視線を前にして、私は言葉を失う。

咄嗟に言い訳しようと口を開く。

「……いきなりのことで注意できなかったのだ」

しかし、そんな言葉はコルクスの前では無意味だった。

「ほう。私があれだけウルガ様の言動に注意しろ、そう申していたのにですか？」

間髪容《い》れずそう問いかけてきたコルクスに、今度こそ私は言葉を失う。

「貴方がそこでウルガ様を叱責できていれば、公爵家当主の不興を買うことはなかったのです。これは決して、ウルガ様だけのせいではない」

淡々とそう諭してくるコルクスに、私は唇をかみしめる。

しかし直ぐにコルクスを睨《にら》み、私は口を開いた。

「おとなしく聞いていれば、ぺらぺらと……！　そもそもお前が一緒に来てさえいればこんなことにはならなかっただろうが！」

そう、コルクスが一緒に公爵家に来ていればこんな事態が起こることはなかったのだ。

けれど、叫んだ私を見るコルクスの顔に浮かぶのは呆《あき》れだった。

「……行く前にもお伝えしませんでしたかな？　大幅に使用人が減ったせいで執事もろくにいない今、私はここから離れることができないと」

「うるさい！　そんなこと、ほかの人間に……！」

「その頼める人間を貴方が追い出したのです」

「……っ！」

冷ややかなコルクスの目、私はそれに何も言えず黙り込む。

そんな私に小さくため息をもらし、コルクスは吐き捨てた。

「もう少し考えて動いてください。明日にも、今後について話しましょう。公爵家との取引が無理となった今、別の手段でネルヴァの横領の被害を補塡せねばならないのですから。それまでに少しは頭を冷やしておいてください」

……そうして背を向けたコルクスに、今度こそ私は何も言えなかった。

「……くそ！　どいつもこいつも！」

怒りが、我慢できず口から漏れたのは、コルクスの姿が消えた後だった。

どうしようもない苛立ちを抱えた私の足は、自然とウルガの部屋へと向かっていた。

そもそも、今日の問題はウルガのせいなのだ。

どうして私が責められなければならないのか。

その怒りが私をウルガの部屋に向かわせていた。

「馬車の中でも、まるで自分は悪くないと言いたげな態度をとりおって……！」

そう呟いた私の脳裏に、反抗的だった馬車の中のウルガの姿が浮かぶ。

思い出した瞬間、私は怒りに駆られるままノックをすることもなくウルガの部屋の扉を開け放った。

「おい、ウル……は？」

しかし、次の瞬間私の目に入ってきたのは、やけに綺麗《きれい》な部屋だった。

それに私は呆然として、辺りを見回し……机の上に置かれた手紙に気づいたのはその時だった。

「何だ、これは」

どうしようもなく嫌な予感に襲われながら、私はそれを手に取る。

そしてその中身を読み始め……。

次の瞬間、私の顔から血の気が引くことになった。

「……っ！」

もはや土気色に近い顔色で、私は何度も読むがその中身は変わることはなかった。

——ほかに愛する人ができました。さようなら。

「う、嘘だ……」

朦朧《もうろう》とした意識の中、そんな声が口から漏れる。

しかし、私はそれが自分の声だとさえ気づいていなかった。

ただ、ここに書かれていることが信じられず、私はその場に崩れ落ちる。

「あり得ない？　あの、ウルガが？　いや、これはただの夢だ」

呆然とそう呟く。

ちょうどそのとき、衛兵達《たち》の声で扉の外が騒がしくなり始める。

「……！　そんな、牢《ろう》にとらえていたはずの囚人、ネルヴァが……」

「……!?　捜せ、どこかにいるはず……。一体誰がこんな……」

「……おい！　ここにあった調度品も消えて……！」

その騒ぎに何かが起きたことが分かる。

そう理解しながら、もう私には立ち上がる気力さえ残っていなかった。

「どうして、こんな……」

ウルガを屋敷に迎え入れ、全ての人間に認められる未来。

かつて夢想していたその光景を想像しながら、私は呆然と呟く。

「どうして、こんなことになった？」

その答えにとうに気付いておきながら。

……それさえ受け入れられない私は、呆然と座り込むことしかできなかった。

第四章　訪問者

「……ふう」

私、マーシェルが書類から顔を上げたのは、昼下がりのことだった。

窓から入ってくる日に目を細めた私は、小さくため息をもらした。

「今日でもう、数週間も経《た》ったのね……」

そう呟《つぶや》きながら、私の顔に浮かんでいたのは隠しきれない陰りだった。

屋敷《やしき》での生活はその陰りに反し、決して悪いものではなかった。

それどころかむしろ、とても良《い》いものだったと言えるだろう。

……だからこそ、私にとって悩みの種となっていた。

「私、全然アイフォードの役に立ててないなぁ」

そう、あれだけの決意をしたにもかかわらず、私はまるでアイフォードの役に立てていなかった。

もちろん仕事がない訳ではない。

しかし今の私は、侯爵家にいた頃とはまるで比較にならないほど少ない量の仕事しかこなしていなかった。

というのも、そこまでの仕事がこの屋敷にはなかったのだ。

厳密に言えば、それは正しい表現ではなく、アイフォードは忙しそうに動き回っている。

けれど、余所者《よそもの》である私が扱える仕事となるとその数は限られたものだ。

それ故に、私はかなり暇を持て余した生活を送っていた。

「私、罪滅ぼしで働く為《ため》にここにいるのに……」

現状に、私は顔を曇らせる。

特に、アイフォード本人が多忙であるからこそ、私は居心地の悪さを隠すことができなかった。

しかし手伝おうにも、アイフォードが多忙な原因である仕事は秘密裏に行わないといけないものらしく、強引に行動を起こせば逆に迷惑になる。

せめてもの手伝いとして屋敷の掃除などの雑務も行っているものの、それも満足にできているとは言えなかった。

というのも、長年使用人をしてきたネリアの手際はとてもよい上、見つかれば私は客の身分だから仕事をするなと怒られるのだ。

「……無給で働かせて欲しいといったら、アイフォードにさらに怒られたし」

その一件を思い出し、私はため息をもらす。

こんな状況で償いや恩返しができてるなど、口が裂けても言えはしない。

むしろ、アイフォードは今の私を見て、怒っているのではないだろうか。

「このままでは、追い出されるかもしれないわ。もっと何か、アイフォードの役に立つことをしないと……」

だが、どう動けばいいのか私にはまるで想像もつかなくて。

部屋の外で、何者かがやってくる足音が響いたのはその時だった。

「マーシェル様、よろしいでしょうか？」

次の瞬間聞こえたネリアの声に、違和感を覚えながら私は扉を開ける。

「ネリア、どうかした……？」

……そして目に入ってきた、笑顔でありながら微《かす》かに怒気を滲《にじ》ませたネリアの表情に、私は息をのむことになった。

言葉を失った私に、にっこりと笑ってネリアは告げる。

「アイフォード様がお話があるとお呼びです」

ネリアの様子は、何より雄弁にこの呼び出しが決していい内容ではないことを物語っている。

……つまりこれは、とうとう追放される時が来たのではないか。

そんな想像に、私の顔から血の気が引くこととなった。

◇◆◇

ネリアの後ろをついていきながら、私は自身の心臓がかつてないほどドキドキしているのに気づいていた。

必死に落ち着こうと深呼吸を繰り返しながら、私は思う。

……とうとうこの時が来たか、と。

こういう日が来ることを私は容易に想像できていた。

即《すなわ》ち、私の働き不足に対してアイフォードが我慢できなくなる日が。

というのも、私は客という身分でありながら給金を与えられている。

それも、相当の額をだ。

私とアイフォードの関係を考えれば破格の扱いと言って良かった。

本来アイフォードが私に衣食住を提供するだけでも十分すぎる厚遇と言えるのだ。

その上給金など明らかにやりすぎだと指摘した私にアイフォードはこう言ったのだ。

——これは、お前の働きに対する期待だ。償う意志があるなら受け取れ。

それは、アイフォードの言外の要求だった。

この金額にあたいする働きをしてみろ、という。

……にもかかわらず、今の状況だった。

「それは怒るわよね」

ネリアの背中を見つめながら、私は小さくそう呟く。

いくらアイフォードが寛容であったとしても、今の私の働きであれば怒りを露《あら》わにしてもおかしくなかった。

そう考え、私は思わず唇をかみしめる。

……アイフォードの部屋にたどりついたのはそんなことを考えていた時だった。

私が覚悟を決める暇もなく、ネリアは扉をノックする。

「アイフォード様、マーシェル様をお連れしました」

「入れ」

「失礼します」

ネリアが扉を開け放ち、私は顔を俯《うつむ》かせた状態で部屋の中へ足を踏み入れる。

逃がさないとでも言いたげに扉の前に仁王立ちになるネリア、そして私の前には椅子に座ったアイフォード。

そんな状況に私の顔から瞬く間に血の気が引き。

……私へ、わずかに呆《あき》れの滲んだ声でアイフォードは言葉をかけた。

「さて、なんの用で呼ばれたか分かるか？　マーシェル」

端的なアイフォードの言葉。

それは私の想像を裏付けるには十分だった。

「は、はい」

「俺は言ったはずだよな？」

かすれた声で何とか返事をした私に、アイフォードは少し語気を強める。

しかし、そこに怒りはなく、それが私の中の恐怖をさらに強める。

……私には、怒りを露わにする価値さえ、アイフォードは感じていないのではないかと。

私は思わず固まる。

もしかして、もうアイフォードは私をここから追い出すことを決定しているのではないかと。

恐怖で立ちすくむ私に、一度ため息をついてアイフォードは再度口を開く。

「分かっているならいい。——次から無理はするな」

そしてアイフォードが告げた言葉の意味が、一瞬私は理解できなかった。

呆然《ぼうぜん》と固まる私に、アイフォードは何かを取り出す。

「とりあえず、今回は使用人として働いた分の給金も入れてある。だが、次からはこんな働き方はするなよ」

「だから、私の分の給金もマーシェル様に渡してくださいと言ってるでしょうに！」

「……こんな風に、ネリアもすねるからな」

そんな二人の会話を耳にし、ようやく私はアイフォードが言っている意味を理解する。

つまり、アイフォードは私に働きすぎるなと言っているのだと。

……そう言えば、確かにここに来た時、アイフォードは無理はするなとは言っていた。

しかし、なぜアイフォードがそんなことを言うのか分からず、私は呆然と立ち尽くす。

私に無理をさせないことのどこに、メリットがあるのか私には分からなくて。

「違いますアイフォード様！　私はすねているのではありません！　こんなおばあちゃんより、若い人間にお金を払うべきだと言っているのに、アイフォード様が聞かないから！」

「いや、そうしてさらにマーシェルが無理をしたら駄目だろうが……。とにかく、近日中には新しい人間も来るし、次は給金は増やさないからな。とにかくお前はきちんと休め」

そんな言葉を聞きながら、私は自分に与えられた給金を見つめる。

一体これは、アイフォードのどんな考えを物語っているのかと。

私の頭が答えを導き出したのは、次の瞬間だった。

「……っ！　分かりました！　次からは無給で雑用をしま……」

「マーシェル、次無理したらベッドにくくりつけて強制的に休みを取らせるからな」

◇◆◇

それから、なぜかアイフォードとネリアの二人がかりで説教をされた私が解放されたのは、一時間近くも後だった。

それどころか、その翌日たる今日はさらに仕事が減らされていて、ネリアの監視付きで書類整理をすることになった。

結果、何時《いつ》もよりも早く自室に戻りながら、私は小さく呟く。

「無理なんてしてないのに。こんな強引に仕事を減らして……！」

そう私はむすっと文句を漏らす。

いささかむきになってはいたが、しかしその言葉が私の本心であるのは事実だった。

確かに、私は暇さえあれば仕事を探していた。

けれど、侯爵家でのことと比べれば、この程度は無理のうちにも入っていなかった。

何せ、あのぎりぎりの状態の侯爵家を当主抜きで立て直そうとした時は、寝るのも惜しんで各地をわたり歩く羽目になったのだから。

その時の無理と比べれば、この屋敷の生活は天国のようなものだった。

ネリアという優しく気を使ってくれる使用人がいて、アイフォードも冷たいように見えて様々なことに気を配ってくれる。

そんな状況だから、私はもっとアイフォードの役に立たなければならないのだ。

そう思うからこそ、私は疑問を抱かざるを得なかった。

「……なんで、アイフォードは休めなんて言うんだろう？」

侯爵家でも、実家でも、私がどれだけ働こうともそんなことを言う人間などいなかった。

それどころか、さらに私に成果を出すよう求めてくるだけ。

だからこそ、私は休めという初めての要求に困惑を隠すことができなかった。

……特にアイフォードは、私に何を命じても許されるだけのことをされた人間なのだから。

「アイフォードはなにを求めているの？」

今までも私は、相手の求めてくるものを必死に考え、それに沿うように動いてきた。

でも、今だけはどうしてもその意味を見つけることができなかった。

どうしても解けない疑問に、私は小さく呟く。

「……これじゃあ、まるでアイフォードが私を心配しているみたいじゃない」

私は思わず笑いを漏らす。

なんて自分が夢見がちなことを考えているのだと。

私は、アイフォードを裏切った人間だ。

そんな人間をアイフォードが心配するなんてあり得ない。

「今までどれだけ尽くしても、父もクリスも私を心配してくれなかったのに、なにを考えているんだか」

そう小さく呟いた私が顔を上げると、自室まですぐのところに来ていた。

とりあえず、切り替えてもっと働けるようにしないと、などと考えながら私は角を曲がり、

「……あれ？」

自室の前にいる人影に気づいたのは、その時だった。

ネリアより長身の女性。

想像もしなかったその存在に私は思わず固まる。

この屋敷にはほとんど客が来ることはない。

なのに、女性が私の部屋の前にいるのはどういうことだ？

彼女がこちらに振り向いたのは、そんなことを考えていた時だった。

「マーシェル様！」

「っ！」

喜びを隠せない様子で駆け寄ってくる女性に、私は別の意味で驚きを隠せなくなっていた。

見間違えることなどあり得ないと分かりながらも、私は震える声で駆け寄ってきた女性に問いかける。

「……メイリ、なの？」

「はい……！」

そこにいたのは、かつて私が侯爵家夫人だった時の右腕たる使用人、メイリだった。

◇◆◇

「……そっか、皆侯爵家から追い出されたのね」

「申し訳ありません。マーシェル様の後をしっかりと務めることができず……」

それからメイリは動揺を隠せない私に対し、これまでの経緯を説明してくれた。

即ち、私が追い出されてから、侯爵家がどうなったかを。

正直なところ、私はこうなる未来を容易に想像できていた。

その為に、ウルガに渡した書類の中に要注意人物について記していたのだから。

これまでどれだけネルヴァが横領を働いていたのかは分からないが、それはもう私にはどうしようもできないことだ。

……そう分かっていながらも、私の胸に空虚な感覚が広がっていく。

しかしそれを何とか抑え込んだ私は、笑顔を浮かべた。

「でも、皆無事で良かったわ！」

私によくしてくれていた使用人達《たち》の安否をきちんとメイリは調べてくれていた。

それは私にとって、間違いなく、心から笑顔を浮かべられる吉報だった。

「それに、こうしてメイリとまた過ごすことができて私は嬉《うれ》しいわ！」

そして、肝心のメイリがここにいる理由についてもメイリは教えてくれた。

侯爵家を解雇されてから、アイフォードに私の状況を確認しに来てくれていたことを。

そしてそこでアイフォードがメイリに、改めてマーシェル付きにならないか、と話を通してくれていたことを。

それも、給金に関してはアイフォード持ちの条件で。

「……まあ、少し複雑な感情を感じない訳ではないけど」

また、アイフォードに借りを作ってしまったことに関して、私は顔を曇らせる。

まだなにも返せてない状態故に、私は複雑な気持ちを抱かずにはいられなかった。

アイフォードの意図さえ分からないのに、どうやってこれだけの恩を返していけばいいのか。

「……マーシェル様、本当に申し訳ありません」

「え？」

突然のメイリの謝罪があったのは、そんなことを考えていた時だった。

まるで想像もしていなかった言葉に、顔を上げると、メイリの顔に浮かんでいたのは思い詰めたような表情だった。

唖然《あぜん》とする私に、メイリはその表情のまま告げる。

「マーシェル様をアイフォード様のところに追いやるようなことをしてしまって……。複雑な事情があるのは分かってましたのに」

「あ、いえ、違うのメイリ！」

メイリの勘違いを理解した私は、咄嗟《とっさ》に否定する。

そう、別にメイリがアイフォードを頼ったことに複雑な思いを抱いている訳ではないのだ。

「むしろ、アイフォードに償う機会を作ってくれたことは、心からありがたく思ってるから！」

「……そうなのですか？」

「メイリが思ってるような酷《ひど》い扱いはないのよ！　それどころか、手厚すぎるくらいで！　……ただ、それが問題で」

顔に疑問を浮かべるメイリに、私は言葉を選びながら話す。

「借りをアイフォードに全然返すことができないどころか、アイフォードが私になにを望んでいるのか分からなくて」

「……えっと、なにを望んでいるとは？」

「私にこんな良い待遇を与えることで、アイフォードにどんなメリットがあるか分からないの。だから、どう動けばいいのか、判断が……」

「──あの、単純にアイフォード様はマーシェル様が心配なだけだと思いますよ？」

「は？」

メイリが告げた想像もしない言葉に私の思考は停止することになった。

数秒後、そんなことあり得ないと急速に回転する頭が告げる。

恨んでいる私を心配するなどあり得ないと。

しかし、混乱の為にその結論が口に至ることはなく、その間にさらにメイリは言う。

「そもそも、私がアイフォード様にマーシェル様のことを頼んだのは、以前からアイフォード様が逐一マーシェル様の様子を私にお聞きになっていたからですよ」

「……なっ⁉」

私はさらに思考が止まる。

そんな私に、少し笑ってメイリは続ける。

「アイフォード様は追い出されてからも、ずっとマーシェル様のことを心配されていましたし。なんというか、アイフォード様はマーシェル様が思っているより不器用で、優しい人ですよ」

その言葉になぜか私はなにも言えなくなってしまう。

メイリが私に嘘《うそ》を言うとは思えない。

けれど、本当にアイフォードが私のことを気にかけてくれていたのだとすれば。

そう考えて、なぜか自分の胸が高鳴っていることに気づく。

それは、少し痛みを感じるほどで、私は小さく告げる。

「……罪悪感で、胸がすごく痛いわ」

「マーシェル様？」

「ねえ、メイリ。私に色々と協力してくれないかしら」

そう言いながら、メイリをまっすぐに見つめる私の心にあったのは、新たな決意だった。

おそらく本当に、アイフォードは私のことを心配してくれていたのだろう。私が裏切ったことを知りながら、それでも心配してくれるほどにアイフォードは優しい人で、だとしたら。

「私は必ず、アイフォードに恩を返したいの」

返さなくてはならない、ではなく返したい。

それは私にとって、初めての感覚だった。

ただ純粋にアイフォードにはもらったものを返したい、いや、彼の役に立ちたいと私は思っていて。

そんな私の視線を受け、メイリはにっこりと笑った。

「マーシェル様、少し変わりましたね」

「……そうかしら?」

「ええ。それに、わざわざ聞かなくても私のすることは決まってますよ。そのためにここに来たんですから」

メイリの言葉に私は思わず笑う。

その為にもまず、アイフォードがなにを望んでいるのか、知らなくてはならない。

そして、またアイフォードにはお礼も言わなくてはならない。

そう私は決意を固め……正面玄関が開いた音が響いたのは、その瞬間だった。

「……っ!」

その音に私は素早く反応する。

正面玄関から出入りする人間は、この屋敷の中では決して多くはない。

恐らく、アイフォードが帰ってきたのだ。

今なら、アイフォードにお礼を言うことができる。

「メイリはここにいて！」

「マーシェル様⁉」

そう判断した瞬間、私は自室から飛び出していた。

部屋を出た私はできる限りの早足で、玄関に向かう。

しかし、私の胸にある疑問が浮かんだのはその時だった。

普段、多忙なアイフォードはこんな早い時間に帰ってくることはほとんどない。

前にこんな時間に帰った時は、何か問題が起きていた様子だった。

……だとしたら、今回も何か問題が起きたのだろうか。

そんな私の想像は、不幸にも的中することになった。

「クリス様の弟がこんないい男だったなんて」

「はは。奥様のような美人にそんなことを言われると、照れてしまいますね。……本当に兄にはもったいない女性だ」

「まあ」

アイフォードと楽しそうに会話する、聞き覚えのある声が私の耳に入ったのは、玄関にたどり着く直前だった。

その声を聞いた瞬間、私の動悸が激しくなる。

いや、そんなことあり得ないはず、そう思いながら物陰から私は顔を覗《のぞ》かせる。

そしてそこにある見知った顔——現侯爵夫人ウルガの姿を見つけることとなった。

「……っ！」

その瞬間、私が声を上げずにいられたのは、奇跡に近かった。

けれど、内心では動揺の声がおさまることはなかった。

なぜ、どうして、ここに？

そんな考えが取り留めもなく、胸にあふれ出す。

……そして何より私の胸をざわめかせたのは、アイフォードがウルガに向ける表情だった。

優しい、私が見たこともない熱っぽい表情。

その光景に、私の胸は痛いくらい脈打っていた。

「さあ、詳しいお話は中で聞きましょう」

「ええ、お願いしますわ！」

笑顔で案内するアイフォードとそれに嬉々《きき》としてついて行くウルガ。

さらにその後ろをついて行く外套《がいとう》を被《かぶ》った男性の姿を見て、ウルガの他に人がいたことに初めて私は気づく。

……そんなことさえ気づかないほどに、今の私は平常心を失っていた。

その姿が完全に見えなくなり、声さえ聞こえなくなっても、少しの間私は動くことができなかっ

た。

「……どういうこと？」

そう呟いた私の声は、自分でも情けなくなるほどに震えていた。

そう言いながらも、私の頭の中にはメイリの言っていたことが蘇《よみがえ》っていた。

現在、侯爵家は没落寸前になっていると。

そして、そんな状況でお飾りの能力しか持っていないウルガがどうしてのうのうと過ごせるのか？

その答えは、火を見るより明らかだ。

ウルガが侯爵家を捨ててもおかしくはない。

そして、次の寄生対象をアイフォードにしたのではないか？

「──許さない」

私の胸の中に、激情があふれ出したのは、その瞬間だった。

同時に私の頭に、疑問がよぎる。

どうして、クリスの時には感じたことのないような怒りを私は抱いているのかと。

しかし、その思考も直《す》ぐに怒りの前にかすんでいく。

今の様子では、アイフォードはウルガに夢中になっているようにしか見えなかった。

実際、ウルガは私とは比べものにならない体つきをした美女で、アイフォードが見惚《みほ》れるのも当然の話かもしれない。

……そう考えた瞬間、私の胸の痛みが激しくなる。

それから必死に意識を逸《そ》らしながら、私は考える。

いくら美女であっても、このままウルガがこの屋敷にいれば、侯爵家の二の舞になりかねない。

何せ、ウルガがこの屋敷に問題を持ってこないわけがないのだから。

瞬間、私の頭にネリアとアイフォードの姿が思い浮かぶ。

そんなことを許す訳にはいかなかった。

私はまだ何もアイフォードに恩を返せていない。

だからせめて、この屋敷をウルガから守らねばならない。

「……とにかく、狙いを探らないと」

そう判断した私は、ゆっくりと足音を立てないように、ウルガ達が消えた方向、客間へと向かって歩き出した。

ウルガ達の向かった客間、私はそこの近くに隠し通路が存在するのを知っていた。

それも、ネリアもアイフォードも気づいていないような。

私がそれに気づけた理由は、侯爵家夫人として働いていた時に、屋敷の隠し通路を見ていたからだった。

その時の経験から、こういった大きな屋敷には持ち主が危険な時、逃亡するための隠し通路があることを私は知っていた。

どうやら、この屋敷は元々どこかの貴族が使っていた屋敷で、のちにアイフォードのものになったというところなのだろう。

もちろん私は、アイフォードと二人で話す機会があればその存在を伝えるつもりだった。

けれど、今までそんな機会はなかったのだ。

……そのお陰でこうして潜めるのだから、何が幸いとなるかは分からないのだが。

そんなことを考えながら、私は隠し通路に向かっていた。

そこならば、客間の中の声も聞こえるかもしれないと考えたが故に。

そして私が辿《たど》り着《つ》いたのは、大きな絵画が飾られた壁だった。

その絵をどかすと、一見壁にも見えるよう細工された扉が露《あら》わになる。

意を決してその扉を開いた私は、埃《ほこり》まみれでかがめばようやく通れる程の大きさの通路の中に入っていく。

「……なのです。私はクリス様に、お金で強引に実家から買われていて……」

「そう、ですか」

小さくだが、室内から声が聞こえてきたのはその途中だった。

狙い通りにことが進んだ安堵《あんど》もなく、私はのうのうと嘘を言うウルガに怒りを覚える。

しかし、怒りを露わに叫べば盗み聞きどころではなく、それを分かっているが故に、私は必死で自分を抑える。

「……我が兄のことながら、本当に申し訳ない。なんとお詫《わ》びすれば」

「いえ、貴方《あなた》も被害者なのでしょう？　私も理解していますわ。……お互い、不幸でしたね」

「っ！　本当に兄は、善人を躊躇《ちゅうちょ》もなく不幸にする……！」

……私がウルガと外套を着た男がここに来た理由を悟ったのはその時だった。

ウルガと外套の男は、クリスの目から身を隠してくれる存在を探していたのだと。

だからアイフォードの屋敷に来たのだ。

次期当主の座をクリスに奪われたアイフォードなら、間違いなく自分達を隠してくれるだろうと。

そのことに私は更に怒りを募らせる。

同時に、私はある疑問を抱く。

ウルガがクリスから逃げてきたのだとすれば、外套の男は侯爵家の関係者なのだろうか。

「幸いにも、侯爵家は先の失態で力を失った故、私がウルガ様をお連れした次第です」

——聞き覚えのある声がしたのはその時だった。

それが外套の男の発したものであると理解した私は、思わず目をみはる。

一体誰の声だったのか、私は必死に思い出そうとしていた。そう私が必死になっている間にも、会話は続いていく。

「ほう、お二人は恋人ですか？」

「ええ。駆け落ち……」

聞き覚えのある男の声は、そう続けようとして、けれどその言葉が最後まで続けられることはなかった。

「いえ！　彼は私をそういう形で逃がしてくれただけで、そのようなことはありませんわ」

……ウルガが食い気味に否定したせいで。

その瞬間、私は思わず唇をかみしめていた。

ウルガの声に、クリスに向かって話していた時のような媚《こ》びが含まれているのに私は気づいていた。そして、この状況でそんな話し方をする理由は一つしかない。

つまり、アイフォードに色目を使っているのだ。

「そうだったのですか。本当にすばらしい正義感ですね」

「……え、ええ。まあ」

しかし、それにアイフォードは気づく様子もなく、それが私の苛立《いらだ》ちをあおる。

その思いもあって、私はかすかに物音を立ててしまう。

「私と彼をかくまってくれるのであれば、家から持ってきたこれを……」

「待った」

アイフォードのその言葉で、ぴしりと空気が大きく変わったのはその瞬間だった。

その瞬間、私の顔から血の気が引いた。

もしかして、ここにいるのが気づかれた？

私が硬直する中、数秒が経過する。

「……いえ、何でもありません」

アイフォードが口を開いたのは、少ししてのことだった。

その言葉に、私は内心安堵の息を吐く。

一方私の存在になど気づくそぶりもないウルガは、怪訝《けげん》そうに口を開く。

「あら、そう？　まあ、とにかくこの家から持ってきた装飾品を」

「いえ、その装飾品は貴女《あなた》が持っていてください。これは私にとってはお詫びなのですから」

「……そう？」

「はい。私にとっては、貴女のような美しい方が屋敷に居てくださるだけで十分褒美なので」

「まあ」

「はは。それでは、客人用の寝室にご案内いたしますね。そこでお二人とも休んで頂ければ」

そして、客室の扉が開き、少しして閉まる。

私は隠し通路の中で、沈黙に包まれることになった。

それからしばらく。

完全に誰の気配もないことを確認した私は、またも安堵の息を吐いた。

「心臓が止まるかと思った……」

まさか、あんなかすかな物音にアイフォードが過敏に反応するなど思ってもいなかった。

「……それだけ鋭いなら、ウルガの言ってることのおかしさにも気づけばいいのに」

私の口から、そんな文句が漏れる。

しかし、そんな思いを私は直ぐに心の奥底に封じ込めた。

「ウルガを追い出したところで、私に目が向けられることなんてないのだから」

そう、これはあくまでウルガが害を為《な》す前に追い出す為の行為にすぎないのだ。

そう自分に言い聞かせ、次の瞬間切り替えた私はぽつりと呟いた。

「……それにしても、あの声」

途中、聞こえた聞き覚えのある男性の声。

メイリの言っていたことを思い出しながら、私は呟く。

「もし、私の想像通りの人間だとすれば……」

私は、侯爵家の女主人をやっていた頃の感覚が蘇ってくるのを感じていた。

隠し通路から聞いていたせいもあり、まだ私はその声の主の姿を見ていない。

だから男の正体だけは、なんとしてでも確認しておかねばならない。

そう判断した私は、隠し通路を後にする。

◇◆◇

私が忍び足で向かったのは、ウルガ達が案内された、屋敷の中でも私の部屋からは遠い所にある客室だった。

隠し通路に身を潜めていた私の身体《からだ》は、お世辞にも綺麗《きれい》とはいえない。

それどころか、埃まみれの身体はネリアかメイリが見たら、顔を真っ赤にして怒りそうだった。

けれど、私は身づくろいさえ後回しにし、向かう。

……全ては一刻も早く事実を確認したいという思いから。

そしてウルガ達の部屋の扉が見える柱の陰にたどり着いた私は、そこで息を潜める。

私は決して、人を尾行するすべなど身につけてはいない。

だが、ここまで離れていればさすがに見つからないという確信が私にはあった。

「……っ！」

それから私の望み通り扉が開いたのは、数分も経たぬ内のことだった。

客室の中から出てきたウルガの姿に、私の肩が緊張で震える。

けれど、ウルガが私の姿に気づくことはなかった。

ウルガに続いて、もう一人が現れる。

その人間はウルガに与えられた客室の隣の寝室から出てきて、まるでウルガの使用人のような態度で付き従っている。

——それは私の想像していた通り、侯爵家の執事をしていたネルヴァという男だった。

確認できた事実に、私は思わず笑みを浮かべる。

これなら、ウルガを追い詰めるための情報を得るのは決して難しい話ではないと。

……けれど、私がそうして笑っていられたのはその時までだった。

ウルガは、自分が出てきた客室の中に向かって叫んだ。

「早く出てきなさいよ！」

苛立ちを隠さずそう叫ぶウルガ。

私は、その姿に嫌な予感を感じる。

一体誰に対して、そんな苛立ちを露わにしているのかと。

そしてそれは直ぐに、私の目前に晒《さら》されることとなった。

「っ！」

ネルヴァが小さな人影を、客室から引っ張り出す。

その人影は、私のよく見知った人間。

――この屋敷の使用人の老婆、ネリアだった。

「う……」

引き出されたネリアはよろめき、何とか廊下の壁にすがりつくことで転倒を回避する。

しかし、老いた彼女にとってその衝撃は決して小さくないことが、私にも理解できた。

……どうして、ウルガはネリアにこんな乱暴な扱いをしている？

まるで想像もしていなかった光景に、私の胸が嫌に大きな音を立てて鳴り始める。

ネリアに叫んだのはそのときだった。

「なんなのよ、あんた！　私こんなしわしわな使用人嫌なんだけど。私は侯爵夫人なのよ！」

その言葉に、私は思わず奥歯を噛《か》み締《し》めていた。

何だ、その理由は？

そんな理由でこの女は、ネリアに対してこんな行為をしたのか。

そんなことを言って、アイフォードにどう思われるのかも理解できないのか？

とはいえ、まずいと理解していたのは私だけではなかった。

ネルヴァが、ウルガを落ち着かせようと優しい口調でいさめようとする。

「……ウルガ様、お待ちください。ここでアイフォード様の怒りを買うのは得策では」

「なに、私になにか文句あるの？」

しかし、それは逆効果だった。

更に気分を害した様子のウルガは感情のままに、ネリアへ手を伸ばそうとして。

「我が家の使用人がどうかいたしましたか？」

――その瞬間、私は反射的に、そう言って前に出ていた。

まるで想像もしていなかった私の出現に、最初ウルガもネルヴァも、誰だと言いたげな怪訝そうな様子を隠すことはなかった。

けれど、私が誰か理解したとたん、その顔色を大きく変えた。

「……っ！」

「マーシェル……！」

ウルガが息を呑み、ネルヴァが私の名前を呟く。

思わぬ大きな反応に、一瞬私は驚く。

しかし、これを好機だと判断した私は、急いで未《ま》だ壁に手を突いているネリアの方へと走り寄った。

近寄ってみると、ネリアに大きな異常はなさそうで、私は表面上は顔色を変えず、内心安堵する。

そんな私に、焦ったような表情でネリアが何か言おうとする。

「ま、マーシェル様……」

「しっ！　今は私に任せて」

彼女を制して私はウルガの方へと向き直った。

そんな私を睨《にら》みつけながら、ウルガは叫ぶ。

「何なのよ、あんた！　どうしてこんなところにいるのよ……！」

その言葉に、私はどう対応すべきか悩む。

だが、その判断の答えは直ぐに出た。

この状況で、ネリアにウルガの対応を任せるなど、ありえない話だ。

……それに、これは私にとって好機でもある。

そう判断した私は、一礼する。

内心は自分がいま、客に見えない格好をしていることに感謝しながら。

いくら元が綺麗な服であれ、この埃まみれな姿では使用人にしか見えないだろう。

私は、にっこりと笑って告げた。

「この屋敷で侍女をしております、マーシェルと申します」

「……は？」

その私の言葉に、ウルガは呆然とした声を上げる。

けれど、その一方で長らく侯爵家に仕えていたネルヴァの反応は別だった。

「その薄汚い姿……。は、はは、そういうことか！　貴様、自分を恨んでいる相手に、惨めにすがりついたか！」

「……ネルヴァ、何を言ってるの？　マーシェルがすがりついたってどういうこと？」

疑問を顔に浮かべるウルガに、嬉々とした様子でネルヴァは口を開く。

「アイフォードを家督争いから追い出した張本人は、この女だということですよ」

「だから一体なんの……」

その言葉にウルガは、さらに疑問を深める。

けれど、埃まみれな私の姿を改めて見たウルガは、徐々に嗜虐《しぎゃく》的な笑みを浮かべていく。

「ふふ、うふふ！　惨めね、貴女？　良く分からないけど、まあいいわ。そんな姿をしているってことは、ここでも嫌われてるのね、マーシェル」

「……答える義務は感じません。……っ！」

ぱん、という音と衝撃が私の頰に走ったのはその瞬間だった。

その痛みに、ウルガに殴られたことを理解する。

頰を押さえながら唖然として見つめる私に対し、嗜虐的な笑みをそのままに、ウルガは告げる。

「生意気な口を利くのはやめなさい。決めたわ。貴女はこれから私の使用人よ」

「……っ！　お待ちくださ……」

その言葉に、今まで固まっていたネリアが口を開く。

だが、私は彼女を制して口を開く。

「……いいのよ。わかりました」

「ふふ、楽しい生活が送れそうだわ。とりあえず、その汚い格好は着替えてきなさい」

「……はい」

そう頷《うなず》いた私に、ウルガは満足げに笑って、部屋の中に入っていく。

「ねえ、ネルヴァ。あの女なら、どれだけいじめても、アイフォード様の不興を買わないでしょう？」

最後に、そんな会話を聞かせながら、私の目の前で扉は音を立てて閉まる。

「……ま、マーシェル様」

廊下に残されたのは、私と青白い顔のネリアだった。

ネリアはその表情のまま、口を開く。

「私はなんてことを……」

「ネリア」

しかしその後の言葉を、私はネリアの唇に指を押し当てて封じる。

今の声が聞こえてもおかしくない状況で話す気は私にはなかった。

だから、私は廊下の向こうを指さして告げる。

「とりあえず、私に新しい服をくれないかしら？　――使用人として通せるような」

「……しかし」

「いいから。そこでお話ししましょう」

そう言って、私はにっこりと笑ってみせる。

ある決意を固めた笑みを。

◇◆◇

マーシェルが、私、ウルガの客室に戻ってきたのは十数分後だった。

侯爵夫人だった頃からは考えられない、質素な使用人の服に身を包んだ姿で。

その姿に私は笑いを堪《こら》えるのに必死だった。

本当に落ちぶれたものだと、そう思って。

「本当にどうしてこんな女を怖がっていたのかしら」

そんな言葉が口から漏れたのは、その時だった。

もういないにもかかわらず、侯爵家の中で異様に高まっていくマーシェルの存在感。

それが私には、疎ましくてたまらなかった。

けれど、今なら分かる。

そんなこと気にする必要はなかったのだと。

現在のマーシェルは、こうして恨まれている相手に惨めにすがりついて生きていくことしかできないのだから。

その事実に、私は愉悦を感じる。

情けないマーシェルをこうしてこき使えることが、私には楽しくてしかたがなかった。

けれど、これだけで今まで散々こけにされてきたことを許すつもりは私にはなかった。

私は満面の笑みで、先ほど老婆の使用人が用意していた紅茶をマーシェルへとぶちまける。

「あら、手が滑ってしまったわ」

「……っ！」

その言葉に、ようやくマーシェルが愕然《がくぜん》として表情を変える。

そんな彼女をあざ笑いながら、私は口を開く。

「ねえ、どうして私が貴女の着替えをおとなしく許してあげたと思う？」

カップに残った最後の一滴までもその頭にかけてあげながら、私は告げる。

「そっちの方が、汚し甲斐《がい》があるからに決まっているでしょう？」

「……そんなことの、ために」

そう呟いたマーシェルの顔には、隠しきれない衝撃が浮かんでいた。

ここまでされるとは思わなかった、そう言いたげな表情が。

「ウルガ様、程々にしておいてくださいね」

今まで黙っていたネルヴァが口を開いたのは、その時だった。

「言ったでしょう。ここでは絶対にアイフォードの怒りを買うわけにはいかないのですから」

その説教じみた言葉に、私は思わず顔をしかめる。

ここにくる前から、ネルヴァはやたら小言が多くなっていた。

それに私は少しうんざりしていて……。

「だから、虐《いじ》めるのはこいつだけにしておいてくださいね？」

――しかし、次の瞬間そう言ってネルヴァが投げたものを見て、私は再度笑みを深くすることになった。

「……これは」

「雑巾だよ。拭けるものを投げてやったんだ、文句はないな？」

にやにやとしたネルヴァの表情、それを見て私は思い出す。

ネルヴァもまた、マーシェルに散々押さえつけられていたことを。

「ああ、本当に楽しい生活になりそうだわ」

うつむいたマーシェルに話しかける私の口元には、堪えきれない笑みが浮かんでいた。

さあ、これから一体どうやって過ごそうか。

そう考える私は、嗜虐的な表情を隠す気もなかった。

……けれど、その時の私は気づいていなかった。

そうして感情を露わにする私とは対照的に、マーシェルの方は眈々《たんたん》と機会を狙っていたことを。

うつむいたマーシェルの頭の下――そこにある決意に彩られた表情を、私は知る由もなかった。

◇
◆
◇

私、ネリアが主《あるじ》たるアイフォード様に呼ばれたのは、その日遅くのことだった。

呼ばれた書斎に入るとそこでは、少し疲れたような表情をしたアイフォード様が待っていた。

アイフォード様は私の表情を見て、申し訳なさそうに口を開いた。

「……色々と苦労をかける。あの人は、わがままな人間だろう？」

誰それと、アイフォード様が名前を言って断定することはなかった。

けれど、それだけで誰か判断するには十分だった。

「い、いえ」

「気を遣わなくてもいい。私の側《そば》では、非常にかわいい人なんだが……」

そう呟くアイフォード様の様子は明らかに普段と違って、私の胸にしこりを残す。

その様子が、私の胸に躊躇を生む。

「それで、マーシェルはどうしてる？」

「っ！」

いつもの質問が投げかけられたのは、その時だった。

その瞬間、私の脳裏によぎるのは使用人の服を身につけるとき、マーシェル様が言っていたことだった。

――この件に関して、どうか私の言う通りにしてくれない？

そして、私にマーシェル様が頼んだのは、アイフォード様に偽りの報告をすることだった。

すなわち、ウルガがマーシェル様を使用人という名目で奴隷のように扱うことを黙っていろ、と、そうマーシェル様は言ったのだ。

実際、多忙極まるアイフォード様は、日中ほぼ屋敷にはいない。

私さえ黙っていれば、アイフォード様がマーシェル様の様子について知ることは不可能だろう。

理解できたからこそ、私はその言葉に答えを返すことができなかった。

それどころか、今でさえ私は決断できていなかった。

何も言えなくなった私に、アイフォード様は怪訝そうな表情を浮かべる。

そして、その表情のまま告げる。

「そういえば、昨日からマーシェルと話していないな。今日はメイリが来たはずだし、マーシェルと一度話しておきたいんだが……」

「いえ、実はマーシェル様は体調を崩してしまって、少しの間無理かもしれません」

私が反射的にそう告げたのは、その時だった。

なぜ自分がそんな言葉を言ったのか、私は理解できていなかった。

自分の言ったことで、マーシェル様に負担をかけることになるのだ。

アイフォード様に真実を告げれば、マーシェル様は今の奴隷のような状況から解放される。

つまり、マーシェル様が言った言葉は絶対に了承してはならない頼みのはずで。

……けれど、そう考える私の頭の中では、使用人服を取りに行くときにマーシェル様がかけてくれた言葉が、表情が蘇っていた。

——お願いだから、ここは私に任せてくれない？

——私が全てを解決するから。

――ウルガが、口を滑らせたりしないよう見ていてくれ、とも言わないわ。ただ、貴女が少しの間黙っていてくれるだけでいいの。

――だから、私が動いてることをアイフォードには黙っていて欲しい。

その時、マーシェル様の言葉を聞きながら、私は理解していた。

そう言う理由には、間違いなく私に対する気遣いも存在していると。

私はあのネルヴァという使用人に対して恐怖を覚えていた。

あの大柄な身体がウルガの側にあるだけで、私は部屋から強引に引きずり出された時を思い出してしまう。

そのことに、マーシェル様が気づいていないわけがないのだ。

しかし、マーシェル様だけに負担をかけることなど許されない、そう私は思っていた。

……けれど、そう自分を戒めようとする度に私は思い出すのだ。

ぎらぎらとした、怒りを隠す気もないマーシェル様の表情を。

私の頭に、最後にマーシェル様が吐き捨てた言葉がよぎる。

――私がここを守る。だから、今だけは私に従って。

そして私は覚悟を決めた。

「ですので、少しの間マーシェル様へは、私を通してお伝えするということでよろしいでしょうか？」

「……そんなに体調が悪いのなら、顔ぐらい」

「いえ、普段お顔も見せない方が行かれても、心労が増すだけかと」

「……そうだな。とりあえず、決してウルガのいる部屋には近づかないよう言っておいてくれ」

「はい。わかりました」

私が今まで嘘をついたことがなかったからか、それとも疲れからか、アイフォード様はそう素直に聞き入れた。

その様子に私は罪悪感と後悔を抱きながらも、一礼して下がる。

この先、今の決断を自分がどう思うのか、私にはわからない。

ただ、一つだけ私は思う。

……あの時のマーシェル様、その姿は確かに陰の支配者と言われるのにふさわしい姿であったと。

◇
◆
◇

ウルガに汚された使用人服に、疲れ切った身体。

それを引きずって私、マーシェルは自身の部屋へと急いでいた。

最初に叩《たた》いたのを除き、ウルガは私に暴力を振るうことはなかったが、様々な手段で私に嫌がらせをしてきた。

ウルガが、アイフォードに夕食に誘われることがなければ、一体何時《いつ》まで働くことになっていただろうか。

そこまで考え、私は苦笑する。

「……まあ、これでも侯爵家にいた頃のように休みなしでもないし、実家の伯爵家で雑用をやらされていた時よりはましね」

笑う私の顔に疲れこそあるものの、意志は一切萎えてはいなかった。

「ここまでしたら、さすがのウルガも私のことに関してアイフォードに口を割ることはないでしょうし」

そして、アイフォードはかなり多忙だ。

多少違和感を覚えても、私が使用人をしていることまで調べることはできないだろう。

屋敷内のことに関してはネリアに頼りきりの様子なのだから。

だから、少なくとも一ヵ月近くはアイフォードに私が独自で動いてることを隠せるはず。

しかし、そこまで考え、私の顔が曇る。

「……後は、ネリアさえ私の言う通りに動いてくれていれば助かるんだけど」

実のところ、私が使用人に扮装《ふんそう》しなくても、ウルガに対処することはできる。

だが私がこの屋敷にいるのがウルガにばれた以上、使用人という立場の方が色々と楽なのは事実で。

……何より、あのウルガの使用人としてネリアがこき使われるのを、見たくはなかった。

だから、できれば隠し通していてほしい。

そう考えながら、私は自室の扉をノックする。

すると扉を開いて現れたのは、心配そうな顔をしたメイリだった。

「……マーシェル様！　一体何があったんですか？　ネリアさんが伝言を持ってきてから、この時間まで何も起きなくて……」

その言葉に、私は少なくともネリアが私の頼んだ通り、メイリに伝言をしてくれたことを理解する。

……肝心なのは、これからだ。そう覚悟を決めた私は、メイリに問いかける。

「……それで、ネリア以外には何もなかった？　ほかにネリアに何か言われたりとか、アイフォードが来たりとか」

「い、いえ？　何もありませんでしたが」

そう告げたメイリに、私は笑う。

これで、ようやく計画を進めることができると判断して。

「わかったわ。とりあえず、扉を閉めて」

「……はい」

私の指示に、メイリが不服そうではありながらも従う。

彼女の表情は、何よりも雄弁に早く何が起きたか教えてくれと語っていて。

部屋に入った私は、その要求に応えて口を開いた。

「ウルガが、この屋敷にやってきたわ」

「……っ！　もしかしてそのお姿は……」

メイリがあわてた様子で駆け寄ってきたのは、次の瞬間だった。

私の身体をあちこち触り、怒りを隠せないといった様子で口を開く。

「許せない……。私がアイフォード様に言って……」

「必要ないわ。私が自分で、やり返すから」

そう私は、淡々と告げる。

それだけで十分だった。

メイリは何かを悟ったように身体を震わせ、私にゆっくりと問いかけてくる。

「マーシェル様は、ウルガと一人で戦う気ですか？」

「ええ」

「……またマーシェル様は、一人で背負うんですか！」

「っ！」

そのメイリの全てを見透かしたような言葉に、私は思わず息を呑《の》む。

そして、気づく。

確かに、これはあの時……アイフォードを追い出した時と似ているかもしれない、と。

そう理解して、私はにっこりと笑った。

「ううん。これは私の勝手よ」

——これは私のわがままにすぎない、そう私は理解できていた。

私は最善手は別にあることを知っているのだ。

本当なら、ウルガへの対処はアイフォードに確認してから行うべきなのだから。

何せ私も、自分がアイフォードの気持ちを考えると自分が冷静でいられないことに気づいている。

だから、それを確認してからことを起こすべきだと、私は考えていた。

一体アイフォードが何を望んでいるのか、それを確認してから。

けれど、そうする気は私にはなかった。

……なぜなら、確認した時点で私の独断というカードが使えなくなるのだから。

実のところ、ウルガ本人の能力も身分も、決して恐れるべきものではない。

様々なぼろを今まで出してきており、クリスに言われて私がその尻拭いを行ったこともある。

けれども、その経験から私は知っていた。

……ウルガは様々な貴族と関係のある、爆弾のような人間だと。

クリスは信じようとはしなかったが、ウルガが肉体関係を持つ貴族はクリスだけではなかった。

そして、もしウルガが暴走することがあれば、様々な貴族が手を出してきかねない。

そうなればいくらアイフォードであれ、巻き込まれずにはいられないだろう。

故に、ことが起きた時、私は全ての責任を一人で負うつもりだった。

そして、そのためには一切アイフォードの意志を聞いてはならない。

アイフォード自身にも、私の暴走だと、そう思ってもらわないといけないのだから。

——だから、私が最終的に行動を起こす理由はただのわがままに過ぎないのだ。

あの時も、最終的に私は自分の為にアイフォードを追い出した。

その時の行動はアイフォードの為にならないただの自己満足で、今回に関してもそれは同じなのだ。

私が捨て身で行動するのも、全て自己満足の為なのだ。

裏切った私をこうして心配してくれるアイフォードに、一切傷ついて欲しくないというだけの。

そのためなら自分なんてどうなってもいい。

所詮これはエゴでしかなく、けれど私はもうそれを貫くと決めていた。

「ごめんね、メイリ。危険なことに巻き込んで」

「……いえ、侯爵家でもう慣れてます。マーシェル様の無茶には」

そう嘆息し、しかし次の瞬間私を真剣そのものの表情で見つめ、メイリは口を開いた。

「ですが、今回私は最後まで付き添いますから。……私はもう、マーシェル様から離れませんよ」

「……っ！」

それは、メイリによる無言の脅しだった。

自己犠牲は許さないという。

私は、メイリにおずおずと告げる。

「……言っておくけど、立場的に不利なだけで、対処は難しくないのよ」

「だったら、なおさら私の発言は何の問題もないということですね」

そう口にするメイリに、私は何も言い返せず黙る。

どうしてこんな風に育ってしまったのかと思いながらも、それでも少し心強くはあった。

私の言った通り、裏がわかっている現状なら、決して今の状況を収めるのは難しくないのだ。

何せ、相手の弱みはほとんど分かっている。

その上で私の側には、腹心たるメイリがいるのだから。

「そこまで言うなら、きちんと働いてもらうわよ」

「あら、マーシェル様。今までの私のやってきたことを、休んでいる間に忘れてしまいましたか？　いつも通り任せてください」

そうふてぶてしく笑うメイリに、私は笑みをこぼす。

今でこそ、皮肉であれ陰の支配者と呼ばれた私だが、最初はその身分も権限も、一切なかった。

侯爵家としての権限も最小限しか扱えない中、私がここまで成り上がったのは様々な情報を手にし、それを使って貴族を交渉でやりこめてきたからだ。

――そして、その情報源で、貴族への仲介をしていた腹心こそ、目の前のメイリだった。

そんな腹心へ、私はにっこりと笑って告げる。

「メイリ、貴女は徹底的に侯爵家の横領について調べて」

「横領といえば、私がお話しした件ですね？」

「ええ、それが今回の鍵になるわ」

私の言葉に、メイリの目に鋭さが増す。

それだけで、メイリが大体のことを察したと理解した私は、答えを明かす。

「ウルガには、ネルヴァがついてきていたわ。そして、話を聞いた限り駆け落ちという形でここまで逃げてきたらしいの」

「……っ！　それなら、ネルヴァとウルガの横領の証拠さえ提出できれば……」

「ええ、何の身分もない私達でも、有無を言わさずウルガとネルヴァを監獄に入れることができるわ。たとえウルガの実家や、愛人の貴族がどう擁護しようとね。そうすればもう、ウルガがアイフォードに手を出すことはできなくなるわ」

その私の言葉に、メイリがにっこりと笑う。

「わかりました。直ぐ、情報の裏を取ってきます。……それで、マーシェル様は？」

「私は使用人を続けるわ。こちらから情報を集める為にも、監視の為にも、ね」

「……でも、それは」

「いいのよ、貴女は何も気にしないで」

顔色を変えたメイリに、私はにっこりと微笑《ほほえ》む。

「それに、貴女は知っているでしょう？　完全に下だと思っている人間に対して、どれだけ人の口が軽くなるか。――どれだけ私がその立場を利用して足をすくってきたか」

その私の言葉に、反射的にメイリが背筋を伸ばす。

それを確認して、私は優しく告げる。

「ね、だから行って」

「……はい」

私の言葉に頷いたメイリはゆっくりとドアの方へと向かっていく。

しかしその途中で立ち止まり、私の方に振り返った。

「できるだけ直ぐ戻ってきます。……だから、絶対に無理はしないでください」

その言葉を告げてから、メイリは出て行った。

それを確認してから、私は呟く。

「……メイリが私の使用人になっていてよかった」

そのおかげで、私が失敗したとしても、メイリは命じられただけだということで話を片づけることができるのだから。

そう考えた私は、にっこりと笑う。

これでもう、何も自分を縛るものはないと。

「さて、最後に泣きわめくのはどっちかしら」

そう言う私の目には、隠す気のない怒りが浮かんでいた。

◇◆◇

「……ふう」

それはウルガが来てから数日経《すうじつた》った頃。

俺、アイフォードは隠し切れぬ疲労に、溜息《ためいき》を吐《つ》いていた。

「……数日でこれか」

思い返すのは、うんざりするようなウルガとの会話。

そんな場合ではないと分かりつつも、俺は鬱屈とした思いを隠すことができなかった。

「本当に神経が削られる……」

自分を戒めなければならない、そう思いながらも俺はそう呟く。

とはいえ、それを誰が責めることができようか。

何せ、ウルガという存在はそれほどに厄介な爆弾なのだから。

前々から、兄の愛人であるウルガについて、俺はもちろん調べてきていた。

その結果、俺はウルガという人間がどれだけ多くの貴族と関係を持っているのか知っていた。侯爵家の別邸に入った時点でその関係は清算したようだが、それでもウルガという存在に未練を残す貴族が多くいるという情報も入っていた。

ウルガの頼みであれば、貴族たちは俺のような準男爵程度など、何の躊躇もなくつぶそうとするだろう。

それ故に、俺にとってウルガは繊細に扱わなければならない存在だった。

それも、少し扱いを間違えただけで周囲諸共《もろとも》爆発する最悪の劇物なのだから。

……この屋敷に招き入れた時点から、俺はそんな劇物を処理することが決まっていたのだ。

「せめて、数ヵ月あとであればこんなことにはならなかったのに……!」

ただただ神経が削られていくこの状況に、恨み言が漏れる。

今更そんなことを言っても仕方ないのは分かっている。

けれど、すべてを漏らしても問題ないこの場所では、不満を押し殺すことはできなかった。

何せ、こうして俺が不満を漏らせるのは一人でいる時だけ。

……俺はネリアにさえ今の状況を打ち明けられない状態で、すべてを解決まで持って行かなければならないのだから。

もちろん俺はネリアを信用していない訳じゃない。

ただ、今の細心の注意を払わねばならない状況においては、ネリアという仲間に対しても、すべてを打ち明けることができなかった。

ネリアが関係していると分かれば、いざという時にネリアも巻き込んでしまう。

そしてそれはもう一人、マーシェルも同じ。

つまり俺は、一人でウルガという存在を処理しなければならないのだ。

「……少なくとも一ヵ月、状況は変わらない訳か」

そう言って、俺はため息を漏らす。

これを一人で片づけないといけないにもかかわらず、状況はあまりにも複雑で。

「とはいえ、これを切り抜けさえできれば状況は大きく変わる、か」

そう呟く俺の声には、確かに自分でも分かる程に疲れが滲んでいる。

今から処理する問題を考えれば、頭が痛いどころの話ではない。

――けれど、それを踏まえても今回の件に自分の命を懸ける価値があると思ったが故に、俺はウルガをこの屋敷に受け入れたのだ。

「駆け落ちという体《てい》の逃亡、ね」

ウルガとネルヴァとの会話。

それを思い出しながら、俺は一枚の書類を広げる。

ウルガの逃げ出してきた場所……侯爵家の現在について調べた書類を。

「装飾品の盗難、税収の横領。ここまでしておいてよくぬけぬけとクリスのせいにできたものだ」

そう呟く俺の顔に浮かぶのは冷笑だった。

「これだけの被害だ。クリスもさぞ、慌てふためいているところだろうな」

俺の胸に浮かびあがってくるのは、いい気味だという思い。

散々俺を敵視したクリスの危機的状況。

普段であれば、笑って見殺しにしていただろう。

しかし、今回に関して俺は、この状況を放置しないことを選択していた。

「ここでウルガを侯爵家に引き渡せれば、侯爵家に恩を売れる。そうなれば、大きなカードになる」

もちろんその理由は、クリスに対する同情などではない。

ある打算によって、俺はこの件に関わるという判断を下していた。

「――このカードがあれば、マーシェルの件で侯爵家と交渉ができる」

そう、このカードがあればマーシェルの存在に侯爵家が気づいた場合でも、駆け引きできる。

もちろん、万能のカードというには力不足だ。

しかし最低限、マーシェルが元の扱いを強いられるようなことは避けられるはずだ。

「……我ながら、らしくないことを考えているな」

そこまで考え、俺は思わず苦笑を漏らした。

これではまるで、自身をはめたマーシェルを心配しているようではないかと。

そこまで考え、俺はすぐにその考えを頭から払う。

これ以上、自分の心に向き合うのを避けるように。

そして、これは侯爵家に足を引っ張られるのが嫌なだけだと自身に言い聞かせ、俺は思考をウルガに戻した。

「ウルガの罪を立証する証拠が集まるまでの我慢だ。……そうすれば、一気に侯爵家と交渉できるカードが手に入る」

今回の件、誰にも胸の内を言わなかった甲斐《かい》があったのか、ウルガとネルヴァには疑う様子は微《み》塵《じん》もない。

……その結果、ネリアに負担がかかってしまってはいる。

しかし、その対策はもちろん取っていた。

「仕事を早めに切り上げ、俺がウルガと話す時間を作る。そうすれば、ネリアも休めるはずだ」

そう呟きながら、自然と俺の口元には笑みが浮かんでいた。

「そして、一番心配だったマーシェルは体調を崩している、か」

ネリアからその報告を聞いた時、俺は内心歓喜するのを隠すのに必死だった。

……それこそ、会いに行けば病床のマーシェルの負担になると言われたショックが少し和らぐ位には。

今回の件で俺の一番の懸念は、ウルガとマーシェルが出会うことだった。

そのために俺は、マーシェルの部屋とウルガの客室を離れさせ、マーシェルを屋敷の外に出すことさえ想定していた。

しかし、早急にことを進めればマーシェルがウルガに感づく可能性もある。

そしてそうなれば、マーシェルが黙って一人で過ごしていないだろうことは容易に想像がついた。

つまり、マーシェルが病気で寝込んだのは俺にとって千載一遇のチャンスだった。

部屋で休養していれば、マーシェルがウルガに会うことは考えにくい。

そして、寝込んでいる間にネリアを通し、この屋敷から出る機会があることを伝えておけば、回復次第自然な流れでマーシェルを逃がすことができる。

「これで、一つ懸念材料が減った状態でウルガの相手ができる」

問題が山積みな中での、唯一の幸運に俺は軽く笑う。

ふと、いやな想像が頭をよぎったのはその時だった。

「……いや、さすがのマーシェルでも動いている訳がない。まだ数日だぞ？　仮病な訳もないか」

すぐに俺は頭に浮かんだいやな想像を打ち消した。

そう、すでにマーシェルがウルガに接触しているなど、ただの妄想にすぎないのだと。

「後の問題は、俺の負担とリスクが異常に重いことだけ」

すべてを自分で抱えなくてはならず、やることが山積みの状態で一ヵ月。

そんな今後を想像し、俺は獰猛《どうもう》に笑う。

「――まあ、いつも通りだ。さっさと片づけるか」

この位のハードスケジュールは、もはや日常と言っていい人生を送ってきたはずだ。

そう自分に言い聞かせながら、俺はこれからの必須事項を紙に書き出しはじめる。

……裏でどれだけ自分の想定を超えた事態が起きているか、知る由もなく。

「この件が終わったら、もう少しマーシェルと話す機会を作るか……」

終わった後の日常を夢想し、俺は笑う。

その想像だけで、一人でも戦えると。

そうして補強した覚悟が、俺の胸を支配する。

そこにはもう、先ほど感じたマーシェルへの不安は残っていなかった。

第五章　反撃開始

私が使用人として働き始めて数日ほど。

私、マーシェルは、神経をすり減らす日々を送っていた。

「じゃあ、明日も楽しみにしてるわよ、マーシェル。あー、アイフォード様に会うの楽しみだわ！」

時間は夕食前。

ウルガは私にそれだけを告げると、嬉々《きき》とした様子を隠しもしないで去っていく。

その後ろ姿を頭を下げた状態のまま見送った私は、ゆっくりと顔を上げる。

「……はぁ、今日も疲れたわね」

その顔には、隠しきれない疲労が浮かんでいた。

シミのついた使用人服には、新たに紅茶の汚れが滲んでいる。

……その姿は、侯爵家の女主人だった過去があると言っても誰も信じないような惨めさだった。

そんな自分の姿を自嘲するように笑うと、私はゆっくりと歩き出した。

「……これでも、実家にいた頃よりはましよ」

そう呟《つぶや》く私だが、その声に疲労が浮かんでいることに自分でも気づいていた。

記憶にある限り、実家の方がきつかった、いや、侯爵家での激務の方が今よりきつかった。

この数日、私がウルガの世話をしてきたのは、夕食の時間までなのだから。

その時間からは、毎日アイフォードがウルガを誘って夕食を取っている。

それを考慮すれば、私がウルガを相手にしている労力は大分軽いものと言えた。

けれど、今までにない疲労を覚えている自分に、私は気づいていた。

……それが、この屋敷《やしき》での生活に染まってしまったからであることにも。

ウルガが来るまでのここでの生活は、私にとって心苦しさを感じるものだった。

裏切り者である私が、こんなゆったりとした日々を過ごしていいのかと思ってしまう程に。

しかしそれ以上に私はその生活に安らぎを感じていた。

なぜならその生活は、お母様が死んで以来感じたことのなかった穏やかなものだったのだから。

私を客として、優しく接してくれるネリア。

そして、アイフォードも自分を気遣ってくれていることに私は気づいていた。

私の脳裏に、ネリアから伝えられた言葉が思い浮かぶ。

——身体《からだ》の具合は大丈夫か？　お前には今後屋敷の外でやって欲しいことがある。早く体調を治せ。

それは一見、素っ気ないように思えて、けれどその裏の意図に私は気づいていた。

即《すなわ》ち、ウルガとの件に私が巻き込まれないよう、アイフォードは気を遣ってくれているのだと。

「……私が昔したことを、忘れちゃったのかしら」

そう呟きながら、私の口元には自然と笑みが浮かんでいた。

ここでの生活は、私にとって夢のような生活だった。

アイフォードへの恩だけじゃない。

私はただ、この屋敷のことが好きになっていた。

だからこそ、自室へと戻りながら、私は決意する。

絶対に、この屋敷を守りきってみせると。

そう思いながら私は自室へと足を踏み入れ、

「……っ!」

机の上に置かれた手紙に気づいたのはそのときだった。

瞬間、私の中から疲れは消え去っていた。

私は飛びつかんばかりの勢いでその手紙の裏を見る。

そして、そこに記された名前を目にし、私は抑えきれない笑みを浮かべた。

「メイリ」

——それは待ち望んでいた、腹心からの手紙だった。

差出人がメイリだとわかり、私はすぐさま中に目を通し始める。

そして、書かれていたことを読み、私は手紙を胸に引き寄せ口を開く。

「……さすがメイリ、この短期間でよくこれだけの情報を集めてくれたわね」

その手紙には、メイリが追い出された後の侯爵家について……つまり侯爵家でネルヴァとウルガが行ったことの経緯が詳細に記されていた。

まず、侯爵家で大規模な横領が発覚したこと、そしてネルヴァがその横領の主犯とされていること。

そんなネルヴァを駆け落ちという体《てい》でウルガが解放し、アイフォードの屋敷に逃げてきた。

それがメイリの調べた経緯だった。

それは間違いなく二人を罪に問える内容で、私は一つ武器を手に入れたことを確信する。

これだけの内容を調べてくれたメイリには感謝しかなかった。

しかし、私の顔に喜色が浮かんだのは一瞬だけだった。

「……でも、これだけでは決して強くないわね」

ネルヴァが横領したこと、そしてウルガがネルヴァの逃亡を助けたこと。

その二つの罪を立証できれば、私達《わたしたち》でもウルガを監獄に送ることができるだろう。

しかるべきところにこの証拠を出せば、いずれウルガを監獄に入れることも不可能ではない。

……だが、これでは充分な証拠と言えないことに私は気づいていた。

ネルヴァだけならこれだけの証拠があれば、直《す》ぐに捕まえられるだろう。

だが、ウルガの場合はそう簡単にいきはしないだろう。

ウルガは貴族で、逃げ出したとはいえ侯爵夫人でもある。

逃亡幇助という罪の場合、そんなウルガの身分を考慮し、念入りな調査が行われる。

その場合、少しの間とはいえ、ウルガには外部と接触できる時間ができることになってしまう。

——そしてその短い時間でも、ウルガならこの屋敷に致命的な被害をもたらすことができるのだ。

アイフォードはあくまで準男爵で、高位の貴族ではない。

ウルガが貴族をけしかけるようなことがあれば、反抗できる立場ではないのだ。

つまり、今の証拠だけでは、ウルガと戦う訳にはいかないのだ。

そして、そのことにはメイリも気づいていた。

「……手紙の届く二日後には、屋敷に戻ろうと思います。そこで情報交換しましょう、ね」

手紙に書かれたその言葉に、私は溜息《ためいき》を漏らした。

「はぁ。こんなにメイリが働いてくれるのに、私は……」

実のところ、私の方での情報収集はうまく進んでいなかった。

そろそろアイフォードを騙《だま》す限界が迫ってきているにもかかわらずだ。

もちろん私も、できる限り情報は集めてきた。

だが、決定的な証拠を手に入れることはできていないのだ。

……というのも、ネルヴァがひどく私を警戒しているが故に。

ウルガが何かうかつなことを言いそうになる度にネルヴァは止め、私によけいなことを聞かせないよう言い聞かせている。

屋敷にいた頃からは考えられないような用心深さだ。

どこで痛い目に遭ったのかは分からないが、現状その態度は私にとって厄介極まりないものだった。

「それでも、明日には何とかしないと……」

ここであきらめる訳にはいかない。

そう自分へと告げた私は、改めて決意を固める。

もう、私には時間は残っていなかった。

◇◆◇

その決意の翌日、私はいつものようにウルガの部屋に行く。

……しかし、その部屋にたどりついた私は、昨日の決意がありながら、顔色を変えずにはいられなかった。

いつものようににっこりと笑うウルガ。

「今日も相変わらず惨めな姿ね、マーシェル」

……その隣に、ネルヴァの姿がないことに気づいて。

表面上はいつも通りを装いながら、私は内心思う。

こんな時に嫌な状況が重なってしまったらしい、と。

用心深いネルヴァが居ないこと、それは本来悪い事態ではない。

ただ、一つあまりにも大きすぎる問題があった。

……ストッパーになっているネルヴァがいない時、ウルガは暴走しやすいという。

そう考えて、私はかすかに唇をかみしめる。

普段であれば、私もネルヴァの不在を喜ぶことができただろう。

しかし、明日までに何かしら決定的な証拠を見つけたいと考えている今は、この状況は最悪のものだった。

もう今は、ウルガが口を割る僅かな確率にかけられる状況ではない。

確実に情報を得るために動かないといけない時だ。

そんな状況で、ウルガの暴走という不確定要素が重なるのか。

……こうなる前に、もっと踏み込んで情報を得ておくべきだった。

そう私は内心、強い後悔の念を抱く。

しかし、弱気になってる暇もないと私は自分に言い聞かせる。

一切何の情報もないという訳ではないのだから、と。

普段のやりとりから、私はウルガとネルヴァが何らかの手段で資金の確保に動いており、今の状況から侯爵家から横領した物品を換金する場として考えられるのは、質屋しかないこともわかっていた。

その店さえ分かれば、メイリが証人を見つけてくれることも。

……しかし、何の手がかりも無く質屋を虱《しらみ》潰《つぶ》しに調べるには、あまりに質屋の数が多すぎる。

それも、この屋敷の近辺だけの話であってもだ。

侯爵家周辺の質屋も捜索の対象に入れるとなれば、もう特定することなどほぼ不可能となる。

　だからこそ、私は多少強引な方法を使ってでも絞り込める証拠を見つけ、店名だけでも確認しようと考えていた。

　即ち、ウルガが部屋に居ない間に忍び込むなどの手段で。

「それじゃ、まずはいつも通り掃除をしてもらおうかしら？　もちろん出来によってはやり直ししてもらうから」

「……はい」

　そのためにも、なんとかして体力を温存し、証拠を探すだけの余力を残さないと。そう思いながら私は掃除に取りかかる。

　しかし、そんな自分を見つめるウルガの嗜虐《しぎゃく》的な目に、私は嫌な予感を感じずにはいられない。

　……その嫌な予感は的中することになった。

　今日のウルガは、異常に執拗《しつよう》だった。

「あら、まだ汚れているわよ」

「……はい」

　そう言いながら机に紅茶を注ぐウルガに、私は素直に従う。

　しかし掃除しながらも、私は考えずにはいられなかった。

　一体、こうして掃除するのも何度目だろうか、と。

　実のところ、こんな風にウルガが私に嫌がらせをするのは珍しいことではない。

　ウルガは、私を侍《はべ》らせる優越感を感じる為《ため》に、よくこうして仕事を増やすことがあった。

しかし、そうだとしても今日に関してはどこか異常さを感じずにはいられない執拗さがあった。

ネルヴァがいないというだけではなく、何かもっと別のことに苛立《いらだ》ちを感じているような。

「あんた、なにぼけっとしてるのよ⁉」

「……っ！」

私の足に鋭い痛みが走ったのは、次の瞬間だった。

まるで想像もしていない出来事に、私は咄嗟《とっさ》にその場から離れる。

そして振り返ると、そこにいたのは私の足を睨《にら》みつけるウルガだった。

浮いているウルガの片足に、私は自分が踏みつけられたことを悟る。

……その姿を目にしながら、私は今自分の身に起きたことが理解できなかった。

ここまで直接的な暴力をウルガがふるうことは今までなかった。

けれど、動悸《どうき》の止まらない心臓が、私に教えてくる。

これが、現実であると。

私は未《ま》だ混乱しつつもいつものように反射的に謝罪しようとして。

「っ！」

また鋭い痛みが足に走ったのは、そのときだった。

その瞬間、私の顔から血の気が引く。

これは、歩くのに支障が出るたぐいの傷だと、私は悟る。

……そしてそれは、今から証拠を探そうとしている私にとって、あまりにも重いものだった。

まるで想像もしなかった事態に、私は言葉を失う。

それを見て、自分のしたことがネルヴァに散々止められてきたことだったと思い出して、ウルガがばつが悪そうに顔を背ける。

しかし直《す》ぐに、私を睨みつけ吐き捨てた。

「いい？　それはただ自分がミスをして、転んだものにしなさい。アイフォード様や、ネルヴァに告げ口なんか許さないから」

そんな言葉さえ私の頭に入ることはなかった。

胸にあるのはただ、これからの計画をどうすべきかという悩み。

絶望的な状況に、私の頭は真っ白になっていた。

しかし、そんな状況になっても私の異常にウルガが気付くことはなかった。

ただ苛立ちをその目に浮かべ、吐き捨てる。

「……これも全部、あの眼帯禿頭《とくとう》の男の行動が遅いからよ！」

私は別の意味で固まることになったのは、その瞬間だった。

眼帯禿頭、その言葉に私は足の痛みを忘れ、呆然《ぼうぜん》と口を動かす。

「眼帯禿頭……」

その言葉を呟く私の頭の中を支配していたのは、ある記憶だった。

……この付近で有名な質屋の主人、それが眼帯禿頭という特徴に一致しているという。

気づけば、私の口には小さな笑みが浮かんでいた。

◇◆◇

夕食後にもウルガからは仕事を命じられ、その後私がウルガから解放されたのは、深夜のことだった。足を痛めた原因がウルガであるにもかかわらず、ウルガは私が仕事から手を抜くことを許さなかった。

その結果、こんな時間まで私は拘束されることになってしまったのだ。

しかし、自室へと戻る私の口元には隠しきれない笑みが浮かんでいた。

今回ウルガから得られた情報は、あまりにも有益なものだった。

もちろん、これは確証のある情報とは言えない。

だが、ウルガの態度が私の想像を補強していた。

あの店主は裏で盗品も売買する人間だという。

しかし、一方で相手によっては取引を拒否することもあり、それがウルガの苛立ちの原因とも考えられる。

仮に違ったとしても、ウルガから得られた特徴は、今後質屋を特定するに当たって十分すぎる情報だった。

——どちらにせよ、ウルガの態度から、質屋の人間が私達に協力的な可能性は高いのだから。

そこまで考えて、私は思わず笑みをこぼす。

侯爵家の盗品を売ろうとしていた罪人を捕まえた、そういう名目であればどの貴族も迂闊《うかつ》に手を出してくることはないだろう。

ここまで情報が揃《そろ》えば、侯爵家からの謝礼を狙って、王宮も積極的に動くに違いない。

先代から、侯爵家が莫大《ばくだい》な富を得ているのは、有名な話であるのだから。

……まあ、その富も横領があって大きく減っているだろうが。

とにかく大きく状況が動く情報をえた。

そう考えてほほえんだ私は、ふとその場で立ち止まった。

「……自室に戻るより、待ち合わせ場所に行った方がいいかもしれないわね」

そう呟いて私は、自身の足へと視線を下ろす。

この痛みを負うだけの価値がある情報を手に入れたのは確かだが、この足が不便なのも確かだった。

おそらくメイリは、誰にも見られないよう早朝にやってくるだろう。

だとしたら、今から休んで会おうとすれば、遅れてしまうかもしれない。

それなら、すぐに向かった方がいい。

そう考えた私は、方向転換して歩き出す。

メイリと待ち合わせをしている、裏口に近い部屋の方へと。

しかしそのとき私は気付いていなかった。

……そんな私を見る、複数の目が存在したことを。

◇◆◇

メイリが来た時間、それは私の想像通りの時間だった。

私はその姿を見つけて、思わず笑みを浮かべる。

「……マーシェル様！」

けれど、メイリにとって私の姿は想定外だったらしい。

足を引きずる私を目にし、メイリが駆け寄ってくる。

そして、私へと頭を勢いよく下げた。

「……申し訳ありません。私が遅いせいで！」

震える声でそう謝罪をしてくるメイリ。

そんな彼女を、私は優しく抱きしめた。

「そんなことないわ」

「……マーシェル様？」

「情報を集めてくれてありがとう。そのおかげでここまで進むことができたのだから」

そういって私はメイリの耳元へと口を寄せる。

そして、メイリ以外誰にも聞こえることのないように、私は耳元でささやいた。

「町外れの寂れた質屋、わかる？　ウルガとネルヴァはそこで横領した物品を売り払う可能性があるわ」

「……っ！」

「眼帯禿頭。ウルガはその人物に苛立ちを覚えていたわ。忘れないで」

そういって私はメイリの身体から離れる。

離れて見ると、メイリの目には決意が浮かんでいた。

「……よくそこまで。いえ、分かりました。少しお待ちください。すぐに、マーシェル様を私が解放しますから」

「ええ、待ってるわ」

その言葉に私はにっこりと笑ってみせる。

心からの信頼を滲ませて。

「……っ！」

一瞬、くしゃりとメイリの表情が歪《ゆが》む。

しかし、それをすぐに引き締めてメイリは歩き出す。

「すぐ戻りますから！」

その言葉を最後に去っていくメイリ。

その姿に、私は自分のすべきことがほぼ終わったことを理解した。

眼帯禿頭という情報が分かった今、後は何があってもメイリが対処してくれるだろう。

私の腹心という立場は、決して名前だけではないのだから。

そして、証拠さえ見つければ後はそれを王宮の騎士団に渡せば全てがおわる。

もちろん、まだウルガに気取られる訳にはいかない以上、私のやることが全て終わった訳ではない。

けれど、少し背中の荷物を下ろしたような気持ちになって、私は微笑《ほほえ》みを漏らす。

……それは、私が見せた初めてのゆるみだった。

ここに来るまでも、隠し通路を通り、尾行を警戒していた私が、初めて周囲の警戒を怠った。

――右斜めの暗がり、そこから人が姿を現したのは、その時だった。

「……え？　っ！」

咄嗟のことに反応できなかった私を、その人影は壁に押しつける。

「……くそ！　この女やっぱり余計なことを考えてやがったか！　どうしてメイリがここにいやがる！」

人影は私を壁に押しつけ叫ぶ。

その瞬間、ちょうど窓から入ってきた朝日が廊下を照らす。

そこにいたのは。

「全てを話してもらおうか？」

――憎悪を目に浮かべながら私を睨みつける、元侯爵家の執事ネルヴァだった。

まるで想像もしていなかった事態に、私は動揺を隠すことができない。

しかし、そんな私以上にネルヴァはその顔に焦りを浮かべていた。

「……くそ、何が起きてる⁉　俺はただ、念の為にお前をつけていただけなのに……！」

そう吐き捨てるネルヴァの目に浮かぶのは、想像以上の事態が起きていることに対する動揺だった。

私より取り乱したその姿に、私の胸にわずかながら冷静さが戻ってくる。

私の頭に、今の状況を整理するだけの余裕が出てきたのはその時だった。

この様子を見る限り、メイリの姿を見てあわてているということだろう。

だが、実際どこまで見られていたのか。

知られている程度によっては、いくらでも取り返しはつく。

そう考えた私は、挑発的に笑って口を開く。

「あら、メイリ？　何のこと？」

「とぼけるな！　メイリが去った部屋から、お前が出てきたのは見てたんだよ！」

その言葉に、私は実際の会話が聞かれた訳ではないことを理解する。

だとすれば、事態は決して恐怖する状況ではなかった。

私は必死に頭を回しながら、どうすべきかを考える。

今必要なのは、私達が決定的な証拠を持っているのを隠すことだ。

時間が経《た》てば、メイリが全てを解決してくれる。

だとすれば、それさえ隠せば何の問題もない。

だが、メイリが私といたところはもう見られている。

そうである以上、ただの偶然だと片づけるのはもう無理だ。

そう判断した私は、ネルヴァを睨みつけ、口を開いた。

「……どうしてこんな時に、貴方《あなた》に見つかるのよ！　後少し、王宮にさえ行ければ全て上手《うま》く片づいたのに……！」

「……なにを言っている？」

「町外れの質屋、眼帯で禿頭」

「……っ！」

ネルヴァの顔色が大きく変わったのは、その瞬間だった。

それだけで私は理解できる。

自分の推測が正解だったことを。

大声で笑いたくなる気持ちを抑えながら、私はさらにネルヴァを睨みつける。

「もう金輪際関わらない。その条件でようやくメイリに調べさせて、後は王宮に報告するだけだったのに……！　貴方さえ来なければ！」

「間一髪、だったのか……」

その私の言葉を耳にして、そうネルヴァは安堵《あんど》の息をもらす。

「ウルガから怪我《けが》のことを聞いて見に来てなければ今頃……」

その様子にまた私も安堵を覚えていた。

これで、何とかなったと。

……しかし、そう私が安堵できていたのは次の瞬間、ネルヴァがこちらを見るまでだった。

「マーシェル、お前は常々余計なことしかしないな？」

そう告げたネルヴァの顔には、嗜虐的な怒りが浮かんでいた。

「散々楽しんだ後に、お前は殺してやるよ」

「……ひっ！」

今まで私の胸にあった安堵が消え去ったのは、その瞬間だった。

今になって、私は気づく。

……自分は二重の意味で、危険な状態であることを。

今まで、ネルヴァは私に必要以上に嫌がらせをすることはなかった。

全ては、アイフォードに悪い感情を抱かれる訳にはいかないという思いゆえに。

だが、もうアイフォードの存在が私を守ってくれることはない。

なぜなら、私は敵対していると──今ここで殺さなければ、ネルヴァ達をはめると宣言したも同然なのだから。

誤魔化すことに必死で、そんな単純なことにさえ私は気づいていなかったのだ。

そんな私に顔を寄せ、ネルヴァは告げる。

「大人しくしていれば、前までの恨みを忘れてやったのに。この事態を招いたのはお前自身だからな？」

嫌悪感が全身に走ったのはその瞬間だった。

私はその感覚に耐えきれず、顔を腕で隠す。

しかし、その私の反応は逆効果だった。

そんな私を見て、ネルヴァは目に欲望を燃やす。

「なんだその反応、まるで生娘みたいだな。……まさか」

その瞬間、あることに思い至ったネルヴァは目を大きく見開いた。

「お前、一度もクリスに手を出されたことないのか⁉」

「……っ！」

私は自分の顔が屈辱で真っ赤に染まるのを感じていた。

その事実は、私にとってトラウマだった。

……女性としても、何ら価値がないという劣等感を植え付ける思い出であるが故に。

「ぷ、ふははは！　愛人への溺愛について話は聞いていたが、ここまでとは！　本当に惨めだな！」

そう笑った後、ネルヴァは好色を顔に浮かべて口を開く。

「まあ、俺からすればこのレベルの女に手を出さない方が謎だがな。……いや、待て」

そうして、私へと手を伸ばし、その途中でネルヴァは手を止めた。

そして、にっこりと笑いかけた。

「なあ、条件付きで生かしてやる。いや、手を出さないでやると言えば、話を聞く気はあるか？」

「……え？」

うつむいていた私は、想像もしない言葉に呆然と顔を上げる。

そんな私に、胡散臭《うさんくさ》い笑顔を向けながら、ネルヴァは続ける。

「お前を殺すと全てが拗《こじ》れそうで嫌なんだよ。俺はもうアイフォードには目をつけられる訳にはいかない。だから条件付きで生かしてやる」

「……条件？」

「ああ」

問いかけた私に、にっこりと笑ったままネルヴァは告げた。

「アイフォードを裏切って、俺に都合のよい立場になるように奮闘しろ」

「っ！」

「何だ？　いい条件だろ？　まあ、さすがに人質はもらうがな。今すぐ、メイリを連れ戻せ」

まるで想像もしなかったその言葉に、私は固まる。

そんな私の耳元でネルヴァはささやく。

「──自分が助かるんだぞ？　どちらを選ぶかなんて、決まりきっているだろう？」

その言葉に、私は思わず笑みを浮かべていた。

今までの人生と比べても、本当に簡単すぎる選択だと。

そんな私を見て、満足げに頷《うなず》きネルヴァは身体を離した。

「ようやく分かったか、早く……」

ぱんっ、という乾いた音が響いたのは、その瞬間だった。

音がしてから一拍。

ようやく事態を……自分の頬を私が平手打ちしたことに気づいたネルヴァは、呆然として頬に手を当てる。

そんなネルヴァに私は告げた。

「なに勘違いしてるのかしら？　――さあ、私を殺しなさいよ」

「……お前、自分がなにを言っているのか分かっているのか？」

そう私に問いかけてくるネルヴァの声には、殺意がこもっていた。

数々の経験から殺意を向けられたこともある私には、それだけでネルヴァが本気で私を殺そうとしていることが分かる。

「こんな早朝に誰か来るとでも、本気で思っているのか？　お前を助ける人間なんている訳……」

「御託はいいから、やりたいならやればいいじゃない」

……しかし、もう私が恐怖を覚えることなんかなかった。

にっこりと私は、ネルヴァに微笑みかける。

少しでも、私の本心が伝わるようにと。

「それでメイリが傷ついたり、アイフォードに傷がつくようなことでもあるの？」

「……なにを言っている？」

「ないわよね？　だったら、精々私を傷つければいいじゃない」

そう言いながら、私は声を上げて笑う。

「悪いけど、私にいくら危害を与えようが、私の心は折れないわよ。そんな程度のことじゃ、私は止まらないわ」

そう告げる私に、気圧《けお》されたようにネルヴァが後ずさる。

逆に私は前に踏み出しながら、さらに告げる。

「――だって私、今が一番満たされているのだから。悪いけど、もう私の覚悟は決まってるの」

そう言いながら、私は改めて思う。

……今までの自分なら、こう胸を張ってこんなことを言えなかっただろうと。

苦しみながら、絶望しながら、それでも恩を返すという目的のために私は身を捧《ささ》げていただろう。

そうでしか、私は生きられなかったが故に。

けれど、今は違った。

今私は、ただアイフォードを救えるなら、自分はどうなってもいいと心から思えていた。

自分の身体に未だ触れている、ネルヴァの手。

その嫌悪感を感じずにはいられないものを、私は自ら握る。

「……っ」

目の前の、利害でしか考えられない男には分からないだろう。

裏切られてもなお、私に慈悲を与えようとしたアイフォードの優しさが。

そして、その優しさに私がどれだけ救われたか。

その一欠片《かけら》でさえ、返せるのなら、私は自分の末路など微塵《みじん》の興味もなかった。

だから、私はネルヴァへと笑いかけ、もう一度告げる。

「私は貴方なんかには、止められないわよ」

……瞬間、ネルヴァの顔は、内心の動揺を表すように引きつっていた。

「生意気な口を……！」

自分の内心を隠すように私の手を振り払い、その手を頭上へと振り上げる。

それに私は反射的に目を閉じる。

……けれど、私の想像していた衝撃が来ることはなかった。

「がっ！」

代わりに私の身体が軽くなる感覚と共に、そんな苦悶《くもん》の響きが聞こえる。

それにおそるおそる目を開くと、そこにいたはずのネルヴァが目の前から消えていた。

ネルヴァはなぜか、少し離れた場所に倒れていて。

代わりに私の前にいたのは、酷《ひど》く見覚えのある背中だった。

「嘘《うそ》」

半身だけ振り返ったその人は呆然とする私に、顔をゆがめて吐き捨てる。

「この、大馬鹿が……！」

「……アイ、フォード？」

——私を助けてくれたその人物、それは私を憎んでいるはずのこの屋敷の主《あるじ》、アイフォードだった。

◇◆◇

信じられないといった様子で俺を見るマーシェル。

その姿に、ネルヴァという男に乱暴された跡がないことを確認して俺は内心、安堵の息をもらした。

……途中見つけたメイリに気を奪われていたが、何とか間に合った。

平静を装いつつも、俺の心臓の音は嫌になるほど大きかった。

そんな自分に気づき、俺は唇をかみしめる。

本当にマーシェルは、ためらいなく自分を犠牲にしようとする。

先ほど聞こえたマーシェルの啖呵《たんか》。

それは俺の記憶に焼き付いていた。

そして、それがマーシェルの本気であることも俺は知っていた。

このままであれば、ためらいなくマーシェルは自分を犠牲にしようとしていただろう。

……もし、ウルガの異常に気づかず、ここに来るのが遅れていればどうなっていたことか。

そう考えて、俺の胸にひやりとしたものがよぎる。

実のところ、俺は何かあるという確証を持ってマーシェルをつけていたわけではなかった。

いつもなら早く夕食を食べに来るウルガが遅れてきたこと。

そして、少し様子が変だったこと。

その異常にマーシェルが関係していると判断して、俺は様子を見に行こうと決めた。

その結果俺は、寝込んでいると聞いていたはずの、使用人服を身にまとったマーシェルを見つけたのだ。

そして、それをつけるネルヴァも。

……見に行こうと決めていて良かった。

そう俺は心底安堵する。

同時に俺は怒りを抱いてもいた。

ぎりぎりまでこの状況に気づいていなかった自分に。

実際のところ、数日しても体調が戻らないマーシェルに俺は違和感を覚えていた。

それどころか、ウルガの存在を勘づいただろうことはほぼ確信しており、三日以内には強引にでもこの屋敷から出す手筈《てはず》を整えていた。

……だが、今の状況を見るに俺の想定はあまりにも甘かった。

マーシェルが暴走した時に備えさせていた人間もおらず、あと一歩遅ければ想像もしたくない事態になっていた。

この様子を見る限り、初日からマーシェルが動いていた可能性さえある。

マーシェルという人間の行動力を見誤った自分を責めながら、同時に俺は安堵を覚える。

とにかく何とか、間に合ってよかった、と。

――だが、それで怒りが消える訳ではなかった。

俺は未《いま》だ呆然とこちらを見ているマーシェルを自分で守るように振り返る。

そして、未だ立ち上がらないネルヴァを睨みつけた。

「なあ、ネルヴァ？　お前、俺の客に何をしようとした？」

「……っ！」

堪《こら》えきれず、俺の怒気が漏れ出す。

それを敏感に察したのか、ネルヴァの顔が青ざめた。

こんな怒りを向けられる覚えがないと言いたげな驚愕《きょうがく》が浮かんでおり、それが俺の神経を逆撫《さかな》でする。

しかし、すぐにネルヴァはその表情を笑顔で覆い隠し、口を開いた。

そして、ゆっくりと立ち上がろうとして、

「何か誤解があるようですが私は……っ！」

……その直前、俺はネルヴァの足を払って、立ち上がることを阻止した。

「あがっ！」

想像もしていなかったのか、ネルヴァは盛大に壁に身体を打ち付け、大きな音がする。

けれど、それを一切気にすることなく、俺はネルヴァを睨みながら告げる。

「誰が動いていいと言った？　いいからそのまま質問に答えろ」

そう言って、俺はゆっくりとひざを床について、ネルヴァと目線を合わせて告げる。

「お前は、さっき目の前の人間に何をしようとしていた?」

「……っ!」

その瞬間、ネルヴァの顔に焦りが浮かび。

こつこつと、別の人間の足音が響いたのはその時だった。

音の方へと反射的に目を向けると、そこに現れたのは不機嫌さを隠そうともしないウルガだった。

「何の音よ、一体……」

——その新たな人間の出現に、ネルヴァが唇を歪めた。

◇
◆
◇

「……っ!」

まるで想像もしていなかったアイフォードの出現に呆然としていた私——マーシェルが、正気を取り戻したのは、ウルガの姿を見た時だった。

「あら、アイフォード様?」

未だ状況が理解できていないウルガは、アイフォードの姿に単純に喜んでいる。

しかし、そう呑気《のんき》にしていられるのも時間の問題だろう。

ここでネルヴァの現状に気づいてしまったら。

そんな危機感が私の胸にあふれ出す。

……嬉々とした様子でネルヴァが口を開いたのは、その時だった。

「お下がりください、ウルガ様！　そこにいるマーシェルは、ウルガ様を裏切ろうとした不届き者です！」

「……え？」

その言葉に、ウルガが呆けた声を上げる。

そして、状況を理解できないのはウルガだけではなかった。

私もまた、なにを狙っているのか分からず呆然と立ち尽くす。

しかし、そんな私を無視し、ネルヴァは続ける。

「早くアイフォード様の後ろに！」

「わ、分かったわ！」

「私も一時抵抗され危うい目に遭いましたが、アイフォード様に救っていただきました。……そうですよね？　アイフォード様」

「……っ！」

にっこりとアイフォードに笑いかけるネルヴァ。

私が、ネルヴァがなにを考えているのか理解したのはその時だった。

「もう私達の心配はいりません、アイフォード様。この不届き者を捕らえて牢《ろう》に入れてください！」

――そう、これはネルヴァによる言外の取引なのだと。

アイフォードへと、ネルヴァは笑顔で語りかけている。

その実、ネルヴァの目は一切笑っていない。

そしてその目は何より雄弁にアイフォードへと告げていた。

自分の話に合わせせろ、と。

私を処分するのであれば、全てを不問にしてアイフォードに不利になるような密告をウルガにしない、そうネルヴァは言外に告げているのだ。

「……まさかアイフォード様が、この裏切り者をかばうことなどあり得ませんよね？」

そう言って、ちらりとネルヴァはウルガに目を向ける。

自分の思い通りにならなかったら、ウルガに全てを告げるとその態度は物語っていた。

そして、そうなれば私が必死に避けようとしていたウルガの暴走が始まるだろう。

そのネルヴァの考えを知り、私は顔をうつむかせる。

誰にも自分の表情が見えないように、と。

……それから、私は笑った。

ネルヴァは気づいていない。

全てが都合よく進んでいるのはネルヴァではなく、私の方であることを。

確かにこのままでは、私に待っているのは地獄のような結末だろう。

――だが、私はとっくに覚悟を決めていた。

「……何で、全部上手くいかないのよ！」

次の瞬間私はそう叫び始める。

私をアイフォードが追放する流れを作るために。

突然叫び出した私に、ネルヴァが私の方へと視線を移す。

「後少しで、邪魔な人間を追い出せたのに！」

しかし、私が続けて叫ぶとネルヴァは薄く笑みを浮かべた。

安堵と得意げな色が浮かんだその表情に、私の方が失笑しそうになる。

それを耐えながら、私はアイフォードの方へと目をやる。

後は、私をアイフォードが断罪するだけだと。

「アイフォード、私を見捨てないよね！　私は謝ったでしょ！　それに、私のことも屋敷に入れてくれたじゃない！　そんなウルガとかいう淫乱な女より、私の方がいいでしょう！」

そう敢《あ》えてヒステリックに叫ぶ私と、アイフォードの視線が重なる。

それを確認した私は、アイフォードに対しウインクするように右目を閉じて開けた。

「……っ！」

アイフォードの顔色が変わったのは、その瞬間だった。

その様子に、こんな状況ながら私は笑ってしまいそうになる。

覚えてくれていたのだと。

これは、まだ私とアイフォードが話し合える関係だった時に決めた合図だった。

右目を閉じるのが肯定の合図で、左目を閉じるのが拒否の合図。

もう忘れていてもおかしくないその合図を覚えていたアイフォードに、私はこんな状況にもかかわらずうれしさを感じる。

だから、もうこれで十分だった。

「お願いだから私を助けて！」

私はヒステリックに叫びながら、内心でアイフォードに告げる。

——いいから、私を捨てて、と。

その瞬間、はっきりとアイフォードの顔が歪んだ。

その表情に、私は笑ってしまいそうになる。

本当に、アイフォードは変わらないと。

恨んでいるのにもかかわらず、私を厚遇してくれたこと。

後に待っているのが地獄だと知るが故に、恨んでいる私に情けを感じている現在。

私と話し合える関係だったあの時から、アイフォードの優しさはまるで変わらなかった。

そんな彼に、私はどうしようもない愛《いと》しさを覚える。

そして、そんなアイフォードの為なら、自分がどうなってもよかった。

少しでも恩を返せる、そして罪をつぐなえる、この後に何が待っていようが私はどうだって良かった。

最後に心の中でメイリとネリアに謝罪しながら、私は叫ぶ。

「早くして！」

その瞬間、怒りを顔に浮かべたウルガが私の方へと走り出してきた。

「この女、私の使用人になったフリをして私をハメる準備を……！　お前はいつもそうやって！絶対に許さない！　地獄に落としてやる！」

そう叫びながら、こちらへと向かってくるウルガ。

その手には、そばにあった花瓶が握られていた。

次の瞬間来るだろう痛みに、反射的に私は手を前に出す。

……しかし、その私の視界をまたしても見慣れた背中が覆った。

「きゃっ！」

「主従そろって言わないと理解できないのか？　俺の客に――マーシェルに手を出すんじゃねぇよ」

ウルガの悲鳴と、花瓶が割れる甲高い音が響く。

そして次の瞬間、目の前に広がったのは想像もしない光景だった。

壁のあたりに散乱した割れた花瓶。

手を押さえて呆然とたたずむウルガ。

そして、長い足が空中にとどまり、何かを蹴り抜いた状態で静止する、アイフォード。

「……っ！」

一拍おいて、アイフォードが何をしたのか。

……私が花瓶で殴られる前にウルガの手から花瓶を蹴り飛ばしたのだと理解して、顔から血の気が引いた。

アイフォードは何を考えているのか。

どうしてここまで、憎んでいるはずの私を助けるようなことを。

そんな思考が頭の中をぐるぐると駆けめぐり消える。

……とにかく今は、何とかして誤魔化さなくてはならない状況だった。

そう判断した私は、反射的に口を開く。

だが言葉が発せられる前にネルヴァの悲鳴にも似た叫び声が響いた。

「何をしている！」

ネルヴァの顔は、蒼白《そうはく》に近かった。

しかし、その叫びに対してアイフォードの表情は一切変わることはなかった。

淡々と、アイフォードは告げる。

「何が起きたのかも分かってないのか？」

「っ！　お前、ウルガ様に手を出す意味が分かっているのか！」

「そんなの、分かっているに決まっているだろうが」

「……だったら、なぜ」

「まだ分からないのか？　そもそもなんでお前等《ら》なんかを俺が屋敷に迎え入れたと思う？」

その言葉に、ネルヴァは呆然として口を開く。

「何を、言ってる？」

「お前ら二人のような人間を、本気で心から迎え入れたとでも思ったか？　全ては、お前らを侯爵家に引き渡すために決まっているだろうが」

そう告げたアイフォードに、今度こそネルヴァは絶句した。

……そのネルヴァと同じく、私も衝撃を隠すことができなかった。

アイフォードがウルガ達を捕らえようと裏で画策している可能性、それを私が想像しなかったといったら嘘になる。

しかし、それをここで言ったアイフォードが私は信じられなかった。

ここにはウルガという爆弾の存在がある。

それを理解していたからこそ、私は今まで全て秘密裏に動いてきたのだ。

……ここでウルガの怒りを買ったら。

そんな考えが私の頭をよぎる。

「う、嘘よ！　アイフォード様がそんなことを言うわけないわ！」

しかしその私の思考は、ウルガの言葉によって中断されることになった。

そう叫ぶウルガの目には、すがりつくような色が浮かんでいた。

それに私は、想像以上にウルガはアイフォードに真剣に入れ込んでいたことを悟る。

けれど、そのウルガの表情はアイフォードの心を一切動かすことはなかった。

「悪いが事実だ。お前ら二人に侯爵家に狙われてまで助ける価値があるとでも？　――そんなことをするより、お前ら二人を牢獄《ろうごく》に入れて侯爵家に貸しを作った方が良《い》い」

淡々としたアイフォードの言葉。

そこに込められていたのは、強烈な拒絶だった。

「……は？」

それを受けて、ウルガは言葉を失う。

「今まで散々夢を見させてやっただろう？　悪いが、もう優しさは売り切れだ」

「……嘘」

「それはお前が裏切った兄貴の台詞《せりふ》だよ。まあ、俺から見ればいい気味だがな」

そこで、アイフォードは初めて笑顔を消した。

「まあ、それらの話を抜きにしても俺はお前が嫌いなんだがな。――俺の大切な人に散々手を出しておいて、ただですませる訳がないだろうが」

「……っ！」

私にも感じられるほどの怒気をまともに受けたウルガが硬直する。

その頃には私も理解していた。

もう、アイフォードの怒りを止めることはできないと。

……自身の使用人を傷つけられたことを知っているのか、明らかにアイフォードが激怒していたが故に。

だが、言われてウルガが黙っている訳がなかった。

「……この、裏切り者！」

ヒステリックに逆ギレの言葉を叫ぶウルガ。

その目には、先ほどまで存在していた熱はなかった。

代わりにその目に浮かんでいたのは、その熱が全て変化したような憎悪だった。

……それを目にし、私の胸に改めて焦りが溢《あふ》れだす。

「私をもてあそんでいたのね！　私がここまで尽くしてあげたのに、ふざけるな！」

このウルガに私はどう対処すればいいのかと。

だが、ウルガを止めるには今すぐ牢獄に入れるしかなく、そんな権限は私にもアイフォードにも存在しない。

準男爵たるアイフォードがウルガを告発すれば、比較的早く動いてくれはするだろう。

しかしそうだとしても、数ヵ月は調査期間となる。

アイフォードなら、それを二ヵ月程度に縮められる可能性もあるが、それでもウルガが自由に動ける時間ができるのだ。

このままでは……そんな焦燥が私の胸をよぎった。

「私を捨てたことを絶対に後悔させてやる！　私の知る限りの貴族に言いつけてやるわ！　準男爵ごときが逆らえないような貴族と私は……」

「話の途中悪いが、俺がその程度のことに対処してないとどうして思えた？」

アイフォードが笑顔で告げた。

「……は？」

まるで想像もしていなかっただろう言葉に、ウルガが呆然として声を上げる。

突然扉が開かれたのは、その時だった。

廊下に入ってきたのは、王国騎士であることを示す軽装の鎧《よろい》を身につけた騎士だった。

まるで理解できない状況に唖然とする私たちをよそに、騎士は無遠慮に廊下に押し入ってくる。

「なんなんだ、この騒ぎは……？　って、隊長!?」

だが、その騎士はアイフォードの姿を見た瞬間、急に態度を変えた。

そんな騎士にため息をもらし、アイフォードは口を開く。

「……お前、命令の意味も理解できないのか？　騒ぎが起これば、直ぐに屋敷に来いと言ったはずだが？」

「そ、その……、あはは」

「まあ、今来たから許してやる」

アイフォードの雰囲気が急激に変化したのは、その瞬間だった。

近くに寄れば、切れてしまいそうな鋭い雰囲気。

それを纏《まと》ったアイフォードは、ウルガとネルヴァを指さし口を開く。

「黒蜥蜴《とかげ》騎士団団長として命じる。そこの男女は侯爵家で窃盗を行った疑いがある。今すぐ捕縛して全てを自白させろ」

……アイフォードが告げたのは、まるで信じられない言葉だった。

騎士団、それは王家直属の騎士を集めた組織だった。

その団長ともなれば、一代かぎりとはいえ、高位貴族にも匹敵する権限を得られる。

……しかし、黒蜥蜴騎士団という名前に私は聞き覚えはなかった。

少ししてウルガが笑い声をあげる。

「なによそれ、そんな騎士団私は聞いたこともないわよ！」

そう言って、勝気にウルガはアイフォードを睨みつける。

「そんな嘘で私を誤魔化せると？」

しかしウルガに対し、アイフォードは顔色を変えることはなかった。

「そうか、それなら最後まで信じないでいいさ。結末は変わらないのだからな」

「……っ！」

その様子に、ウルガの顔に貼り付いていた余裕が剝げる。

私がふとある記憶を思い出したのは、ちょうどそのときだった。

「黒蜥蜴……。もしかして、王家直属の暗躍専門の騎士団……？」

それは私が侯爵夫人であったとき、耳にした話だった。

そんな騎士団を王家が作ろうとしていると。

「確かに、その騎士団の団長を王家は明らかにしなかったけど……」

「知らん。……そういうことにしておけ。無駄に探ろうとはするな」

私の言葉に、アイフォードは答えを濁す。

「今必要なのは、俺に貴族すら裁く権利があるということだけなのだからな」

そう告げるアイフォードの視線に晒《さら》されるウルガに、もう余裕はなかった。

ただまるで想像していない現実に、呆然と佇《たたず》むことしかできない。

そんな状態で、ウルガは口を開く。

「どうして。私は貴方のことを本当に……」

「身勝手な思慕に心を許すほど暇ではなくてな」

「……っ！　私のどこが……！」

「全てだよ」

淡々としたアイフォードの言葉。

その様子が何より、ウルガへの気持ちを雄弁に物語っていた。

その様子に、今度こそウルガも言葉を失う。

「……最後に聞かせろ」

その代わりとでも言うように、ネルヴァが口を開いた。

憎悪を露《あら》わに私の方を見つめながら、ネルヴァが叫ぶ。

「なぜ、お前はマーシェルを庇《かば》った！　お前を騎士に落とした憎むべき相手じゃないのか！」

「……っ！」

今までアイフォードの衝撃の告白に止まっていた私の思考。

それが動き出したのはその時だった。

今までアイフォードは、頑《かたく》なに騎士団長という身分を明らかにしなかった。

つまりそこには何らかの制約があると考えた方がよい。

アイフォードには、リスクを負ってまで、ネルヴァの提案を蹴る必要などなかったのだ。

確かにアイフォードは優しい。

全てを理解しながら、犠牲になろうとする私を見捨てることに躊躇《ちゅうちょ》を抱くのも想像できた。

いくら憎む相手だろうと、この状況であればアイフォードが罪悪感を抱くのは私にもわかる。

もしかしたら、助けられる状況であれば手を差し出してくれたかもしれない。

……だが、そんな状況にないことは、これまでのアイフォードのウルガへの態度が何より雄弁に物語っていた。

そんな手段があったのであれば、ウルガの機嫌をとる必要などなく、直ぐに騎士団長としての権限を使えばよかったのだ。

にもかかわらず、アイフォードは今までその素振りさえ見せることはなかった。

それは、立場を使うには何らかの制限があるということだ。

——そして、アイフォードがその制限を破ってまで自分を助けてくれた理由が、私には理解できなかった。

ネルヴァが私の胸に生まれた疑問を代弁するように叫んだのは、その瞬間だった。

「答えろ、アイフォード！　お前はなぜマーシェルを救った！」

その問いかけに、アイフォードはネルヴァの方へと顔を向ける。

そして、鼻で笑った。

「はっ、なにを勘違いしている？　俺はお前らが目障りで仕方なかっただけだ。……お前、そこまで想像力が豊かなら執事よりも作家の方が向いているんじゃないか？」

そう言って、一切問いかけに答えることなく、アイフォードは後ろにいた騎士の方へと振り向き告げた。

「早く罪人達をつれていけ」

周囲の騎士達が二人を捕らえたのは、それからすぐのことだった。

「放しなさいよ！」

「くそ！」

抵抗虚《むな》しく、ウルガとネルヴァがつれていかれる。

そんな光景が目の前で繰り広げられながら、私の胸によぎるのは別の疑問だった。

あの時、私を救ったところで得るものなどアイフォードにありはしなかった。

それを理解した上で、私は覚悟を決めていたのだから。

そして、アイフォードは間違いなく何かを犠牲にして私を助けたのだ。

一体どうして、という思考が私の脳内を支配する。

どれだけ考えても氷解しない疑問を抱えた私は、答えを求め無意識のうちにアイフォードへと視線を向ける。

アイフォードは、一番初めに来た騎士と会話をしていた。

「……本当によろしかったのですか、団長？」

「ああ。別に何の問題もない。まあ、それについての話は後だ」

そう言って、アイフォードはその騎士から視線を逸《そ》らし。

「……っ！」

次の瞬間、私と目が合うことになった。

その目に宿る怒りに見据えられた私は、思わず言葉を失う。

そして一切目が笑っていない笑みを浮かべて、アイフォードは周囲の騎士達へと告げる。

「さて、お前達は少し席を外して貰《もら》えるか？　二人きりで話しておかないといけない人間がいてな」

それは明らかに私だった。

私は反射的に、騎士の方へと助けを求める視線を送る。

それが伝わったのか、騎士の男はぎこちない表情で口を開く。

「いや、その隊長。今日は色々ありましたし、また後日……」

「何だ、俺に何か文句でもあるのか？」

「……いえ、ないです」

しかし、その騎士の男はアイフォードの一言で即退場していくことになった。

そんな後ろ姿に私は恨めしげな視線を送るが、もうなんの効果もなかった。

「さあ、邪魔者はもういない。存分に話し合おうか」

……目の前に立つ、怒りを隠す気のないアイフォードの姿に、私の顔から血の気が引くことになった。

何時《いつ》もと明らかに違うその様子に、私はただ後ずさることしかできない。

しかし、この狭い廊下でいつまでも逃げられる訳がなかった。

すぐに壁に背中が当たり、私は下がれなくなる。

動けなくなった私を、冷ややかな目で一瞥《いちべつ》してアイフォードは口を開いた。

「……マーシェル。俺が知らないところで、随分勝手をしてくれたようだな。ネリアからは、体調不良で動けないという報告を聞いていたのだが。俺はウルガに接触しろ、などとお前に命じたか？」

「……それは」

その言葉に、私はなにも言い返すことはできなかった。

私は理解していた。

自分のやったことが決してアイフォードに喜ばれる類いのものではないと。

計画を乱されたことに、アイフォードはさぞ怒っているに違いない。

しかし、そう考えつつも疑問がないわけではなかった。

それだけの理由にしては、アイフォードの怒りが大きすぎる気がして。

……そんな風に、私が冷静に考えていられたのは、次のアイフォードの言葉を聞くまでだった。

「私は満たされていて、覚悟は決まっている、か？　大層な言い分だな」

「っ！」

その瞬間、私はようやく気づく。

あのタイミングで出てきたならば、アイフォードがあの言葉……ネルヴァに言い放った私の醜いあの自白を、聞いていてもおかしくないことを。

一旦は危機を脱したことで私の中に生まれていた余裕が消え去ったのはその瞬間だった。

あの時、ネルヴァに満たされていると言い放った瞬間、私は自分に間違いなく酔っていて、一番見られたくない場面だった。

故に私は、呆然としてアイフォードを見上げる。

もう心には、今まであったアイフォードへの疑問など残っていなかった。

……あるのは、あんな場面を見られたという羞恥心。

普段なら、私はこの場から逃げ出していただろう。

だが今この状況でそんな選択肢が取れるわけもなく、私は必死で口を開く。

「ちが、あれは……！」

しかし、混乱した頭は私の願うような言葉を考えてくれはしなかった。

必死に言い訳しようとしても、私の口から言葉が出ることはなかった。

ゆっくりとアイフォードが私の方へと踏み出したのは、その時だった。

「……っ！」

どんどんと私との距離を詰めてくるアイフォード。

殴られる。

その姿に反射的にそんな考えが私の頭をよぎる。

私は咄嗟に頭を庇う。

「え？」

……けれど、次の瞬間私の身体を襲ったのは痛みではなく、たくましい身体に包まれる感覚だった。

なにが起きたのか理解できず呆然とする私の頭上から、アイフォードの声が響く。

「この、大馬鹿が……！」

その声を聞いてようやく私は理解する。

──自分が、アイフォードに抱きしめられていることを。

「……っ⁉」

まるで想像もしない事態に、私は心の中で叫び声をあげる。

もしかしてアイフォードが転んだのだろうか？

離れる方が正解なのだろうか？

そんなずれた思考が私の頭をよぎる。

「……だれが、生《い》け贄《にえ》なんか求めた？」

けれど、そのアイフォードの言葉を聞いた瞬間私はなにもできなくなってしまう。

──そのアイフォードの声が、私が一回しか聞いたことのないレベルで震えていたが故に。

同時に、私は気づく。

自分の背中に回されたアイフォードのたくましい腕もまた、かすかに震えていることを。

私の体から、気負いのようなものが抜けたのはその時だった。

「……どうして、私を助けたの？」

気づけば、私の口からそんな問いが漏れていた。

聞きたくてたまらなくて、けれども聞けないだろうと思っていた言葉が。

その私の言葉に、アイフォードはゆっくりと私の身体から離れる。

しかし、アイフォードが私の質問に答えることはなかった。

「お前はどうして、あんな自分を犠牲にするようなことをした」

代わりに、アイフォードが口にしたのはそんな質問だった。

「え？」

その言葉に、私は思わず声を上げてしまう。

アイフォードは私の自白を聞いていたはずだった。

つまり、私の内心もある程度分かっているはずで。

けれど、それを指摘するには、あまりにもアイフォードの視線が真剣すぎた。

思わず固まった私に、アイフォードはゆっくりと言葉を重ねる。

「償いだけであれば、そんなことを俺は望んでいなかったのは分かるだろう？　なのになぜ、お前はそんな無茶をした？」

「……それは」

アイフォードの言葉に、私は少し悩む。

悩みながら、私は改めて思う。

自分が普段このように動くのは義務感からだった。

しかし、今回は違った。

その理由が一体なんなのか、私の中では答えが出ていた。

「アイフォードに助けてもらって、恩を返したいと思ったから」

そう、私がこうして動いた根本的な理由はそれだった。

私はアイフォードに多くのものをもらった。

こうして落ち着ける屋敷という場所、そしてネリアやメイリなどの落ち着ける人たち。

それらに囲まれながら、過ごした日々は私が生きてきた中で一番幸せとも感じる日々だった。

「だから、私は恩を返したいと思った。そのためなら、なにを捧げてもいいと私は思ったから」

その私の言葉を、アイフォードは無言で、けれど真剣な表情で聞いていた。

そして、ゆっくりと口を開く。

「……そうか。なら、もう同じことはするな」

「え?」

想像もせぬ言葉に呆然とする私に、アイフォードは言う。

「裏切ったお前に、俺が複雑な思いを抱いているのは事実だ。……だが、俺は別にお前を恨んではいねえよ」

「どうして……?」

「本当に気づいてないとでも思ってるのか?　お前がクリスのために俺を裏切った後のこと——そ

れ以上俺に害が及ばないよう、先代当主に直談判《じかだんぱん》したことを」

「……っ」

それを聞いた瞬間、私は言葉を失っていた。

そのことを、アイフォードが知っているなど考えもしていなかったが故に。

立ち尽くしながら、私は必死に頭を巡らす。

一体誰がそのことについて告げたのかと。

コルクスにはしっかり口止めしたはずだし、それ以外に漏れる要因などないはずだ。

もしかして先代当主が漏らしたのか？

そもそも一体どれだけの人が知っていることなのか。

「わかりやすく動揺しやがって……」

そんな私の思考を現実にもどしたのは、耐えきれないように漏らしたアイフォードの笑い声だった。

その笑い声に、私の顔には羞恥で熱が集まってくる。

「安心しろ。俺がその光景を見たのは偶然だ。他に知るやつはいないよ」

「そ、そうなの……」

その言葉に、私はただそう返す。

そうして私はしばらく顔をうつむけていたが、それでもやはり納得がいかないことがあった。

「……あのとき、私がした行動はただの自己満足。貴方を救ったんじゃない。貴方が恩を感じるいわれはないはずよ。なぜなら」

「お前が俺を追い出したのだから、か？」

私の言葉に続けて言ったアイフォードに、私はこくりと頷く。

そう、確かに私はかつて、アイフォードの安全を保障するようにと、先代当主に交渉した。その結果、自ら侯爵家から逃げることはないと先代当主に誓った。

……そんなもの元々クリスに恩返しすることを決めていた当時の私には関係ないことだった。

「アイフォードだって分かってるでしょう？　私がいくら後になって行動しようと自己満足に過ぎないと」

アイフォードは無言で私の言葉を聞いてくれる。

しかし、今はその親切心が私の心に突き刺さってしかたがなかった。

それでも私は、震える声で告げる。

「……私は友達と自分の義理を天秤《てんびん》に掛けて、友達を裏切った最低の人間なのよ」

泣いてはならない。

その資格なんてない、そう知りながら滲む視界からアイフォードを外し私は言葉を続ける。

「アイフォードだって理解できないわけないでしょう？　私がしたことを考えれば、貴方が恩を感じる必要なんて」

頭の上、温かい手のひらが置かれる感触があったのは、その言葉の途中だった。

「うるせえ。——それを決めるのは俺だ」

「……っ」

そう言って、アイフォードは乱雑に私の頭をなでる。

そのせいで、私の目から涙がこぼれる。

けれど、アイフォードはそれについてなにも言わなかった。

ただ淡々と言葉を告げる。

「俺だってまだどう処理すればいいか分かってない。だから、保留にしておいてやる。覚えておけ、お前は今、俺にとって裏切った罪人で……同時に救ってもらった恩人なんだよ」

それは頭の良いアイフォードらしくない無茶苦茶な理論だった。

けれど、なにを話しても嗚咽《おえつ》になってしまいそうな私はなにも言えない。

それに勝ち誇ったようにアイフォードは告げる。

「だから、俺が決めるまでお前はしおらしく胸を張ってろ」

「……なに、それ」

なぜかは分からない。

思わず吹き出しながら、どうしようもなく私が泣きそうになったのは、その時だった。

笑いながら肩をふるわせる私から、アイフォードはゆっくりと離れていく。

私に背を向けて歩き出し、その途中突然立ち止まった。

「ネリアには少し時間をずらして来るように言っておく。それまでに一人で俺の言ったことについて考えてろ」

そこで、少し間を空けた後、アイフォードは優しい声音で告げる。

「……少しくらいお前は自分を誇れ、馬鹿」

その言葉を最後に、アイフォードの足音は遠ざかっていき、今度こそ立ち止まることはなかった。

その足音を聞きながら、私は頬を濡《ぬ》らし小さく笑う。

「なにその理不尽」

それは今までどんな様々な理不尽を味わってきた私でも初めての理不尽だった。

しかし、今までの理不尽と違って私の心に浮かぶのは、温かい感情だった。

「そんな優しくしないでよ……」

そういいながら、私は自分の脈打つ胸に触れる。

――私が自身の胸に浮かぶ感情を自覚したのは、そのときが初めてだった。

第六章　暴走するクリス

「……どうして、こんなことに」

一人の部屋に響く悔恨の言葉。

それが私、クリスの口から出たのは、ろうそくの小さな明かりだけが灯《とも》された部屋の中だった。

それは侯爵家としてあまりにみすぼらしい光景だったが、もうどうしようもなかった。

何せ、明らかに侯爵家には以前の力など残ってはいないのだから。

……呆然《ぼうぜん》とする私の頭に浮かぶのは、ウルガが消えてからの数週間の日々だった。

転落していく日々を、私は鮮明に覚えている。

呆然とする私だったが、信じられない裏切りによる傷心を癒す暇さえなかった。

どんな事情があったとしても公爵家が待ってくれる訳がなかったのだから。

しかし、必死にすがりついたにもかかわらず、公爵家の答えは取引の断絶だった。

そして、被害はそれだけに収まらなかった。

……マーシェルが行方不明になったという噂《うわさ》が流れ始めてしまったが故に。

「くそ、どうしてあのタイミングで！」

その時のことを思い出し、私は怒りを漏らす。

ここまで侯爵家が一気に寂れた原因、それこそがあの噂だった。

その噂が出た直後に、侯爵家が交易を行っていた様々な取引相手が、一斉に手のひらを返したように取引をやめたいと申し出始めたのだ。

マーシェルがいないなら、これ以上続ける意味はないとでも言いたげに。

……侯爵家が財政難であることを知りながら。

そして、その対処に私とコルクスは追われることになっていった。

しかし、人手不足の状況の中、どれだけ奮闘しても限界はあった。

結果的に私は財政難の中さらに使用人を雇う羽目となり、現在の侯爵家の没落した現状につながっていた。

「……くそ！　くそ！　どうして！」

そんな状況に私は怒りを抑えることができない。

どうして何もかも上手《うま》くいかないのかと。

抑えられぬ怒りをぶつけるように、目の前にある棚を蹴り上げる。

瞬間、がたんと棚が揺れ中の書類が床にぶちまけられる。

苛立《いらだ》たしげに私はその書類を拾おうとして。

……その中に見覚えのある書類があるのに気づいたのは、次の瞬間だった。

「これ……っ！」

私は反射的にその書類を拾い上げ、そして言葉を失うことになった。

なぜならその書類はかつて私が処分させたもの——マーシェルがウルガに渡そうとした、女主人

の心得についての書類なのだから。

「どうして、こんなところに……！」

それは、以前私が探すのをあきらめていたはずの書類だった。

この書類は使用人に処分させたはずで、しかもその使用人は私の手でクビにしていたのだから。

まるで想像もしてなかった事態に、私の思考は一瞬停止し、次の瞬間走り出していた。

「こ、コルクス！　書類があったぞ！」

未《ま》だ明かりがついている家宰の部屋にノックもなく私は入る。

部屋の中では、この時間にもかかわらず淡々と書類の処理をする老執事の姿があった。

「一体何のご用ですか？　そもそももう深夜です。ノックくらい……」

「いいから聞け！　マーシェルが用意していた引き継ぎの書類が出てきたんだ！」

「っ！」

いつものように小言を続けようとしていたコルクスの顔色が変わったのはその時だった。

私が手に持つ書類を奪い取り、すぐに目を通し始める。

その様子を見ながら、私は久々となる喜びを感じていた。

ようやく、これで状況が変わると。

これで、侯爵家は元のように……。

「……残念ですが、もうこれは手遅れですな」

——その私の考えは、コルクスの疲れの滲《にじ》んだ言葉を聞くまでのはかないものだった。

「何を言ってる？　ここに書類があるでは……」
「ご自分でも読まれれば分かりますよ」
そう言って渡された書類に、私は呆然と目を通す。
……そして、コルクスの言葉の意味をすぐに理解することになった。
「何だ、これは？」
そこに書かれていたのは、確かに貴重な情報だった。
そのはず、だった。
だが……ここに書かれていた情報のほとんどは今更使えないようなものばかりだった。
公爵家との取引の詳細。
また、どう話を進めていけばいいか。
そして、取引相手の情報。
使用人の強み。
また、ネルヴァ達元貴族の使用人達を抑える方法。
そんなことが事細かに、記されていた。
その書類は、過去にあれば信じられないくらい役に立っただろう。
だが、もう公爵家との取引は断絶し、取引相手もほとんど残っていない。
また、使用人に関してははるか前に変わり、ネルヴァ達ももういない。
つまり、ほとんどのことが手遅れとなった今では、今更過ぎる内容だった。

「嘘《うそ》、だろう……？」

「まあ、情報には時期がありますからな。想像はしておりました」

コルクスはそう言うと、自身の書類に目を通し始める。

それは信じられないほど淡泊な反応だった。

「ふざけるな……！」

……しかし、私はそう簡単に流せる訳がなかった。

ようやく見つけた書類であるにもかかわらず、全てが無駄だったことで私は限界を迎えた。

血走った目で、私はコルクスに宣言する。

「コルクス、当主として命令する。──現在の業務を凍結してでも、マーシェルを見つけて連れ戻せ」

私の宣言に対し、少しの間コルクスは答えなかった。

しかし、ゆっくりと私の方を向く。

「……私は以前、お話ししませんでしたか？」

そう告げるコルクスの目には、隠す気のない怒りが浮かんでいた。

その視線に怯《ひる》んだ私へと、コルクスは続ける。

「──もう、マーシェル様に手を出すのはやめましょうと」

その言葉に、私は思わず顔を歪《ゆが》める。

コルクスの言葉は本当だった。

今まで私は、何度もマーシェルの居場所を探そうとしてきた。

しかし、その度にコルクスに制止されてきたのだ。

これまでの私は、コルクスに反抗することができず黙《だんま》りを貫いていた。

「うるさい！　貴様がこの状況をどうにもできないからだろうが！」

しかし、今日の私は違った。

コルクスをにらみ返し、私はさらに叫ぶ。

「大体、このままでは侯爵家は終わりだろうが！」

「それは貴方《あなた》のせいでしょう」

「……っ！」

しかし、私が威勢良く言葉を吐いていられたのは、そこまでだった。

コルクスは私の怒声に一切平静心を失うことなく続ける。

「使用人を失い、侯爵家の財産を横領され、挙げ句の果てにウルガ様にまで逃げられる。ここまでのことが起きても貴方はまだ理解できないのですか？」

そう告げるコルクスの声には、隠す気のない呆《あき》れが滲んでいた。

そのことが怒鳴られるよりも苛立たしく感じられ、私はコルクスを睨《にら》みつける。

……だが、正論だと理解しているが故に、私は反論することができなかった。

そんな私に、コルクスは淡々と口を開く。

「もっと冷静に考えてください。もう貴方が甘えられる存在はいないのですから」

そう言うと、コルクスはゆっくりと立ち上がる。

「……待て、まだ話は！」

「いえ、終わりましたよ。私はこれから使用人と打ち合わせをしないとならないことがあります。クリス様も早くお休みください」

それだけ言うと、私の制止を無視して、コルクスは部屋から出ていく。

「……くそ！」

一人になった部屋の中、使用人にここまで言われて反論できない屈辱に、私は唇をかみしめる。

どうして何もかもがうまくいかないのか。

せめてもの反抗として、私はコルクスの机を蹴り上げようとして、
その上に一封の封筒が置かれているのに気づいたのはその時だった。

「待て、これは」

「……カインド伯爵家、だと」

――そこに記されていたのは、マーシェルの実家の名前だった。


それから数日後、私は自室で落ち着きなく何かを待っていた。

「まだか……」

傍《はた》から見ればその様子は、数日前とは打って変わって、生気に満ちて見えたことだろう。

「そろそろ伯爵家から返信があっていいはずなのだが……」

その理由こそ先日コルクスの部屋で見つけた手紙の存在だった。

その手紙を見つけた私は、即カインド伯爵家へと手紙を出していたのだ。

マーシェルを侯爵家に返せ、いないのならどこにいるか教えろという旨の手紙を。

それからもう数日はたっている。

そろそろ伯爵家から、何らかのリアクションが来ていいはずだった。

通常の家であれば、私の対応に怒りを覚えるかもしれない。

しかし私には、嬉々《きき》として伯爵家が協力してくるという確信があった。

マーシェルの両親が権力に弱いタイプの人間だと知るが故に。

あのタイプの人間ならば、どうとでも説得できる自信が私にはある。

これでようやく、マーシェルを侯爵家に戻すことができるだろう。

そう考えて、私は笑みをこぼす。

「コルクスも馬鹿な奴《やつ》だ……。あの封筒さえ置いていなければ、私が宛先を知ることもなかったというのに」

こんな事態になることなど予想だにしなかった私は、今までマーシェルの実家など意識したこともなかった。

コルクスを何とか説得しようとしていたのもそれが理由だ。

「それにしても、マーシェルが戻ってきたらどうしてやるか」

そう勝利を確信した私は、未来へと思いを馳《は》せる。

もちろん何事もなしとはいかない。

何せ、ここまでの事態が起きた原因は全てマーシェルにあるのだから。

間違いなく、責任の一端を問うことになるだろう。

「とはいえ、それだけにしといてやるか」

そう言って、私はさらに笑みを深める。

以前はマーシェルを痛めつけてやるつもりだったが、今はもうそんなことは考えていなかった。

そんな私の思いを知れば、マーシェルも泣いて喜ぶに違いない。

そう考えて私はさらに笑みを深めた。

「く、クリス様！　お客様が……」

そんな使用人の声が扉の外から響いたのはちょうどその時だった。

待っていた、今の気持ちにぴったりのその言葉に、私は笑いながら立ち上がろうとして。

……しかし、その笑みは次の瞬間勝手に開いた扉によって、固まることになった。

「この部屋か」

そう言って部屋に入ってきたのは、執事服に身を包んだ初老で小太りの男だった。

許可もなく部屋に入ってきた彼は、無遠慮に部屋を見回す。

……それは、ここが侯爵家の屋敷《やしき》だと考えれば、ありえない行動だった。

とんでもない非常識な光景に、私の思考が一瞬固まる。

しかし、扉を許可なく開いた男はまるでその私の反応など気にせず、にっこりと笑って頭を下げた。

「カインド伯爵家家宰、マイルドと申します！　クリス様、お会いしとうございました……！」

その挨拶によって、私は目の前の男が自分の待ち望んでいた使者だと理解する。

……けれど、今まで胸にあった喜びが消えているのに、私は気づいていた。

想像もしない無礼な態度に固まる私の代わりに、案内してきた使用人が口を開く。

「マイルド殿、無礼では？」

「ただの使用人風情が伯爵家家宰である私に口答えするな！　私は、クリス様の親族の伯爵家の家宰だぞ！」

しかし、それは火に油を注ぐだけだった。

怒りに満ちたマイルドは、自身を案内してきたはずの使用人を睨む。

使用人も侯爵家の人間であるにもかかわらず、自分より下だと判断すると見下す浅ましい姿。

……その光景を、私は呆然と見つめることしかできなかった。

私は、マーシェルの両親については理解していたつもりだった。

しかし、今この家宰を目にしてその感覚は薄れつつあった。

唖然《あぜん》と立ち尽くしながら、私は思う。

こんな非常識な人間だったのか、と。

そんな私の内心に気づくよしもなく、マイルドは私の方へとすり寄ってくる。

「それで、クリス様。今回侯爵家に立ち寄らせていただいた理由なのですが……」

「マーシェルの行方を知っているのか！」

その瞬間、私の中にあった今までのマイルドの態度への不満が消え去った。

代わりに、ようやくマーシェルの行方に近づいたかもしれないという勝利の確信が私の胸に浮かぶ。

しかし、そうして勝利に浸っていられたのは一瞬のことだった。

「いえ？　当家も勘当したマーシェルの行方については把握しておらず。申し訳ありません」

「……は？」

まるで想像もしないマイルドの言葉に私は、絶句する。

マーシェルを勘当？　そんな話など私は聞いたこともなかった。

……そもそも、それならマーシェルは一体どこにいる？

今更ながら、私はまるで想像もしていない事態に思わず固まる。

だが、そんな私の思いにマイルドが配慮することはなかった。

にっこりと笑みを貼り付け、マイルドは口を開く。

「そんなことより、我が家への融資について改めてお願いしたくてですね……」

その瞬間、私は悟る。

なぜ、マーシェルの行方を知る由もないマイルドが押し掛けてきたのかを。

……こんな状況でありながら、侯爵家にたかることしか、目の前の男は考えていないのだ。

その事実に、私は怒りを覚える。

こんな人間を相手にする為《ため》に、私は伯爵家に手紙を出した訳ではないのだ。

「何も知らないなら、帰ってくれ。その融資云々《うんぬん》にも関心はない」

その怒りを何とか抑え、私はマイルドに言い放つ。

しかし、マイルドには私の言葉など何の効果もなかった。

私の反応を無視し、さらに近寄ってくる。

「いえいえ、私どもは家族同然ではありませんか。そんな冷たいことを言わないでください」

「……っ！」

今はマーシェルはいない、それどころか勘当したと言い放ってなお、強引に距離を詰めてくるその姿に私は顔をひきつらせる。

開いていた扉の方向、そこから聞き覚えのある声——コルクスの声が響いたのはその時だった。

「そこまでにしてもらいましょうか」

「っ！」

いつの間にか扉の外にいたコルクスの姿に、マイルドは苦々しげに顔を歪める。

しかし、すぐにその顔ににっこりと笑みを貼り付け口を開いた。

「クリス様、ここは我らだけでお話ししませんか？　余計な人間など」

「家宰の私を余計な人間といいたいのか？」

「……っ！」

しかし、その全てを言い切る前にコルクスは部屋の中に足を踏み込んでいた。

いつものコルクスの鋭い目線に射貫《いぬ》かれたマイルドは言葉を失う。

そんなマイルドを一瞥《いちべつ》したコルクスは、今度は私の方へと目線を向ける。

「クリス様、失礼します。許可を取るのが後になりましたが、私も同席させていただいて大丈夫でしょうか？」

「あ、ああ」

断る理由もないその提案に私が頷《うなず》いたのと、マイルドの態度が急変したのは同時だった。

「……わ、私は急用を思い出しましたので、これにておいとまさせていただきますね！」

そう言って、あわてて逃げ出す背中を私は信じられない思いで見送ることしかできなかった。

呆然とその背中があった場所を眺める私に、コルクスが呆れた表情で告げる。

「おそらく私とマーシェル様を介さない手紙が来たことで、説得はたやすいと考えたのでしょうね。私が相手であれば、もう少し粘る可能性も考えていましたが、そんな度胸もなかったようです」

その説明を聞いても、私は呆然と佇《たたず》むことしかできない。

そんな中、ふとある疑問が私の胸にわいた。

……どうして、コルクスがこんなに素早くマイルドに対応できたのかと。

そんな私の疑問を察知したかのように、コルクスは私の方を振り向く。

「相変わらず厄介な人間でしたな。……ですが、これでクリス様も理解できたでしょう？」

「何の話だ……？」

「奥様のいた状況の話ですよ」

「……っ！」

その言葉でようやく一つの答えにたどり着く。

私が伯爵家に手紙を出し、伯爵家からあのような人物がやってくること。

──その全てが、コルクスの手のひらの上であったことを。

「全部、お前の計略だったのか……！」

コルクスを睨みつけ、私はそう叫ぶ。

それに対し、コルクスは顔色さえ変えることはなかった。

私を真っ正面から見返し、頷く。

「ええ。全て私が仕組みました」

「っ！　どうして、こんなことを……」

「これでクリス様も理解できたでしょう？」

私をまっすぐ見つめ、コルクスはもう一度同じ言葉を告げた。

「マーシェル様が一体どんな人間を抑えてきたかについて」

「……っ！」

その言葉に、私は一瞬言葉を失う。

蘇《よみがえ》るのはマイルドの告げていた言葉。

……もう、マーシェルは勘当されたという。

考え込む私に、コルクスは続ける。

「どうしてあの厄介な人間が、今まで貴方のところまで来なかったか分かりますか？　全てはマーシェル様がご自身で対応してくださっていたからです」

そう淡々と告げるコルクスの目に浮かんでいたのは、静かな怒りだった。

その怒りに何も言えない私へと、さらにコルクスは続ける。

「マーシェル様はこれだけ尽くして下さっていたのです。……ですから、もう解放しましょう」

「……っ！」

私の胸に怒りがあふれ出したのは、その瞬間だった。

マイルドの姿を見て、私がマーシェルの出自になにも感じなかったとは言わない。

ただ、解放はまた別の問題だった。

「ふざけるな、貴様！　私が、マーシェルに迷惑をかけているといいたいのか！」

そう感情的に叫ぶ私に対し、コルクスは普段見せない唖然とした表情を顔に浮かべていた。

「迷惑をかけているのは向こうだろうが！　私が、その被害に遭っているんだろうが！　ここまで、侯爵家を無茶苦茶にしたのはマーシェルだろう！」

「……なにを言っているのですか？」

そう告げるコルクスの顔に浮かんでいたのは、信じられないといった表情だった。

その滅多に見ない表情に、私は愉快さを感じる。

余裕を崩してやったと。

しかし、その時に私は気づいておくべきだった。

その表情は驚きなどではなく……私への失望と呆れからのものだったと。

そんなことを知る由もなく、得意げに私はコルクスへと叫ぶ。

「いいから、早くマーシェルを探してこい！　今すぐに！」

「……そうですか」

その言葉に、私は笑みを浮かべる。

ようやく、コルクスも私の言うことに従う気になったかと。

しかし、それはただの勘違いだった。

「──これ以上マーシェル様を探そうとするならば、私は家宰の立場から退《ひ》かせていただきます」

「……は？」

言い募る私へとコルクスが告げたのは、まるで想像もしていなかった言葉だった。

それに、私は呆然とする。

こんな状況でコルクスまでいなくなれば侯爵家はどうなるか。

それを理解しているが故に、私は震える声で尋ねる。

「う、嘘だろう？」

「さあ、どちらを選ばれるのですか？」

……しかし、その私の問いかけに対するコルクスの返答は冷たい言葉だった。

コルクスのその視線に私は反射的に理解する。

「……っ！」

これは本気の発言だと。

そう、その時私は分かっていた。

ここが分岐点であると。

「だったら、辞めればいいだろうが！」

……それを理解して、私は最悪の決断を選択した。

いつもの冷たい一瞥ににらみ返しながら、私は叫ぶ。

「そもそも、こんな状況にあるのは貴様が上手くやらないからだろうが！」

後先考えずそう叫ぶ私の心にあるのは、怒りだった。

もっと、コルクスさえ上手くやれば、こんな状況にはならなかった。

そんな考えが私の中には常に存在していた。

故に、マーシェルを探すのをやめさせようとするコルクスを、私はどうしても許すことができなかった。

その感情のままに、私は叫ぶ。

「マーシェルを探すのを私はやめる気などない！」

「……そう、ですか」

私の言葉に、そう返したコルクスの目は、一切感情の浮かばないものだった。

その状態のまま、コルクスはその場で一礼する。

「それでは長らくお世話になりました」

……そう言って、背を向けたコルクスはもう私の方を振り返ることさえなかった。

足音は、どんどんと遠ざかって、最後には聞こえなくなる。

「本当に、行っただと？」

――私が自分のしたことを理解したのはその時だった。

気づけば、私の背中は嫌な汗でびっしょりと濡《ぬ》れていた。

しかし、その嫌な感覚さえ薄れるほどの危機感に私は襲われていた。

「くそ！　本当に出て行くなど！」

コルクスへの恨み言を私は何度も口にする。

しかし、その口調に力がないことに、私は気づいていた。

コルクスが去った後、私に残ったのは問題だらけの侯爵家だけ。

私は、マーシェルの居場所さえ分かっていない。

……襲いかかってくるその現実に、私は恐怖を隠すことができなかった。

「……いや、あるではないか！　マーシェルの居場所の候補が！」

私がふとある場所の存在を思い出したのはその時だった。

そこは、かつてマーシェルも交流を持っていた人間の屋敷。

そこならば、マーシェルが逃げ込んでいてもおかしくないのではないか。

現に、実際にそこに逃げ込んでいた者もいるのだから。

……実際は、マーシェルの交友関係を知らない私にはそれしか候補が思いつけないだけ。

そう内心理解しながらも、それには必死に目を背けて私は叫ぶ。

「早く馬車の用意をしろ！　今すぐにだ！」

そう叫びながら、私は使用人がやってくるのを待つ。

「ウルガが潜伏していた場所、アイフォードの屋敷に私が直接行く！」

そう叫びながら、私は気づいていた。

ウルガがそこに逃げ込んだのはただ、私を恨んでいるアイフォードなら自分のいいように利用できると考えたからだと。

そこにマーシェルが逃げ込んだかどうかの確証など、ありはしない。

そんな事実から必死に目を逸《そ》らしながら、私は内心祈る。

どうか、そこにマーシェルがいますようにと。

……たどり着いた先で何が待っているのか、私は想像もできなかった。

◇◆◇

ウルガとの一件から早数日。

あれから、この屋敷での私、マーシェルの生活は平和を取り戻していた。

唯一メイリは、少し野暮用があると戻ってきていない。

しかしメイリがいなくても屋敷での生活は完全に元通りになっている。

……そう、私の内心を除いて。

「ふぅ」

仕事がまだ残っているにもかかわらず、私の手が止まる。

それを眺めながらも、私の心にあるのは別のことだった。

それはウルガ達が騎士団に連行されていった日のこと。

いや、具体的にはその時のアイフォードの言葉。

——少しくらいお前は自分を誇れ、馬鹿。

「……っ」

少しでも気を抜けば、あの時言われた言葉が私の脳裏に蘇る。

そんなことは今までなかった体験で、私は微《かす》かに熱い顔を自覚しながら告げる。

「どうしちゃったのよ、私」

そう言いながら、私はよく理解していた。

自分がこうなっているのは全て、アイフォードにある思いを抱いているせいだと。

必死に私は、その考えを胸の底に封じ込めようとする。

しかし、どれだけ無視しようが無駄で、私はよく分かっていた。

即《すなわ》ち、友情でも、恩義でもない別の感情を、私はアイフォードに抱いていると。

そう、それは……。

「いるか、マーシェル？」

「っ！」

扉の外、遠慮がちなノックとアイフォードの声が響いたのはその時だった。

私は突然のことに、情けないくらい動揺してしまう。

……こんな姿をメイリに見られていたら、なんて言われていたことか。

ここに自分の腹心がいないことに幸運を感じながら、なんとか平静を取り戻した私は口を開く。

「い、います。どうぞ」

私が許可を出した瞬間、ゆっくりと扉が開く。

「まだ仕事をしていたのか」

現れたのは、どこか柔らかな空気をまとったアイフォードだった。

その姿を見るだけで、不自然な反応をする心臓。

自分でも分かってしまう、これはいつもの自分ではないと。

そして、そんな私にアイフォードが気づかない訳がなかった。

「……やはり、あれからどこか調子が優れないようだな」

そう眉をひそめたアイフォードに、さらに私の鼓動は速まる。

それでさらに私の挙動不審さが増したのか、アイフォードは部屋の中へと入ってきた。

そして、私の肩越しに机の書類をのぞき込む。

「仕事の進み具合も、前より遅いままか」

決して肌が触れあった訳ではない。

けれど、うっすらとアイフォードの体温まで感じそうな距離に、私の身体《からだ》は反射的に硬直していた。

確かに、屋敷に来た当初はもっと近かったはずなのに。

「本当にウルガの一件、足以外の不調はないはず……ん、マーシェル？」

私の様子がさすがにおかしいと思ったのか、怪訝《けげん》そうな表情でこちらを向くアイフォード。

その結果、至近距離で私とアイフォードの目が合うことになってしまい……。

「っ！」

次の瞬間、私は反射的に椅子から跳ね上がっていた。

突然の動きにまだ治りきってはいない足が、痛みという形の文句を告げる。

しかし、そんなことさえ気にならない程に私の心臓は悲鳴を上げていた。

それを知る由もないアイフォードの顔には、隠しきれない不審が浮かんでいる。

それを誤魔化す為に、私はあわてて口を開いた。

「そ、そうですね！　少しだけ疲れは残っているかもしれないです！　その疲れがとれるまで、発作的に人から距離をとってしまうかもしれないです！」

「……それは本当に疲れが原因の範囲なのか？」

強引な言い訳に、アイフォードの顔に呆れが浮かぶ。

けれど、これ以外何とも言いようがない私は必死に首を上下に振って見せる。

「それなら、これ以上騒がせるのも悪いか」

そんな私の言い訳に納得してくれたのか、それとも追及をあきらめてくれただけなのか。

定かではないが、アイフォードは苦笑しつつ机から距離をとる。

そのことに私がほっと一息つくまもなく、アイフォードはさっと机から書類を取り上げた。

「仕事はいいから休んでおけ」

「……え？」

想像もしていなかった行動に、唖然として立ち尽くす私にアイフォードは呆れたように告げる。

「疲れが残っていると言ったのはそっちだろうに」

「そ、それはそうですが……」

そう言いながら、私は内心焦りを抱く。

ただでさえ、雑念のせいで仕事が遅れているのだ。

これを取り上げられる訳には行かない。

しかし、そんな私の思惑に対し、アイフォードがその書類を返してくれることはなかった。

「仕事は程々にしておけ、そう何度も言ったのに無視してきただろう？　こうなれば、取り上げるしかお前を休ませられないだろうからな」

「で、でも……」

「いいから休め」

何とか書類を取り返そうとする私を避《よ》けながら、アイフォードは颯爽《さっそう》と扉へと向かっていく。

そして、部屋から出る直前、私をからかうかのような悪戯《いたずら》っぽい笑みを見せて告げる。

「これは命令だからな？　言っただろう。お前は俺の一存でここにいるんだ。決めるのは俺だ」

そう言って、アイフォードは書類を持った手をひらひらと振って、部屋から出ていってしまう。

「……あと、そろそろ話し方を少しは砕けさせろ」

最後に聞こえるか聞こえないか程のアイフォードの声が響き、足音が遠ざかっていく。

「アイフォード？」

私が確認のようにそう言ったのは、完全に足音が聞こえなくなった時だった。

返答のない一人の部屋で、名残惜しさを感じながら私は椅子に座り直す。

仕事もなく、なにもやることのない机。

だからだろうか、私の思考は自然とアイフォードのことへと向かっていた。

今までアイフォードは私と一線を引いた態度で接していた。

しかし、ウルガとの一件以降明らかにその態度は変わっていた。

明らかに私との距離を意図的に縮めているように思えるほどに。

それこそ、あの時を……私とアイフォードがまだ友人関係であった時を思い出してしまう程に。

「いいえ、それ以上考えては駄目だわ」

そこまで考え、私はとっさに自分に言い聞かせる。

そう、それは私の立場からは決して考えるべきではないことだった。

たとえ、いくら私達の関係が改善してきていたとしても、それを言えるのはアイフォード本人だけなのだ。

私は考えるのをやめようとするが、しかし無駄だった。

やることのない現状、すぐに思考は戻ってきてしまう。

そして、その思考はある疑問を生み出した。

「……アイフォードは私のこと、どう思っているのかしら？」

私の胸を後悔が支配したのは、その瞬間だった。

なぜ、この気持ちを口にしてしまったのか。

とりかえしのつかないことをしてしまった、そんな感覚が私の中に走る。

しかし、もう手遅れだった。

鼓動を速める心臓に、私は痛いほどそのことを理解する。

「今私が考えるべきはそんなことじゃないのに……！」

アイフォードを思うだけで鼓動が速くなる気持ちに私は必死に言い聞かせる。

アイフォードを思うなら、より一層こんなことをしている場合ではないと。

恩を返すために、私がやるべきはアイフォードに尽くすことなのだから。

そう考えると、私は自分が落ち着きを取り戻していくのを感じる。

「……私がやるべきことは、自分がどうなってもアイフォードに尽くすこと」

それはクリスの時も自分に言い聞かせてきたはずの言葉だった。

しかしその時は、苦しさを必死に押し殺しているだけでこんな感情になることなんてなかった。

そのことに、私は自然と笑みが浮かぶ。

……しかし、ふと頭をよぎったウルガとの一件に私の顔は曇ることになった。

ウルガとの一件では、私はほとんどアイフォードの助けになることはできなかった。

アイフォードはあのとき、私のために騎士団長としての強権を使った。

最初から使わなかったことを考えれば、何の制限もなしに使える権限ではないのは明らかなのに。

私は一刻も早く、その分もアイフォードに返さなくてはならない。

今は、仕事に手こずっている場合ではないのだ。

「アイフォードに言って、仕事をさせてもらおう」

そう呟《つぶや》くと、私は椅子から立ち上がり扉に手をかける。

……そこには、現実から目をそらそうとするかのような必死さが滲んでいた。

◇
◆
◇

早くアイフォードに仕事をする許可を貰《もら》いたい、その一念で私はアイフォードの部屋へと向かった。

「どこに行ったのかしら、アイフォード？」

しかし、直《す》ぐに私の足取りは重いものとなってしまった。

……全ては、アイフォードが部屋にいなかったが故に。

普段家にいる時、アイフォードは仕事をしている。

「戻ってると思っていたのに、どこにいるのかしら？」

そう知っているが故に、私はアイフォードの居る場所の見当がつかず、悩む。

当てもなく、彷徨《さまよ》う私は玄関の方へと足を向ける。

――ぱたん、と使用人用の裏口が開く音が響いたのは、そんな時だった。

「……え？」

まるで想像もしていないその音に、私は思わず声を上げていた。

使用人用の裏口を使う人間は、私とネリアだけ。

そしてその二人とも、この屋敷にいるのだ。

唯一可能性があるとしたらメイリだが、まだ帰ってくるとは聞いていない。

つまり、この屋敷の人間が戻ってきた訳ではなくて、

「どこかの貴族の使用人が、先触れで来たとか？」

そこまで考えて、私は呟く。

準男爵という身分を考えれば、訪問の先触れなどなくてもおかしくはないだろう。

しかし、アイフォードは騎士団長になるだけの活躍をしているのだ。

事前の許可を取る貴族がいてもおかしくはない。

そう考え、私はふと気づく。

「……そういえば、ネリアは今お風呂を掃除していたわね」

そう言って、私は掃除中のネリアの姿を思い浮かべる。

掃除姿を考えれば、少しの間着替えの準備をしなければならないだろう。

もちろん、先触れが来ている以上、アイフォードもすぐにネリアに連絡を入れるはずだ。

だが、そのネリアの準備が整うまでに貴族がやってくる可能性もゼロではない。

「念のため、ネリアが来るまで私がここにいましょうか」

そう呟いた私は、それとなく表玄関が見える二階の場所へと移動する。

ちょうど玄関から柱の陰となっているその場所は、ネリアがよく通る通路も見える場所だった。

ここで待っていれば、来客の貴族かネリアのどちらかがすぐに姿を現すだろう。

そう考えた私は、そのまま時間をつぶすことを決める。

しかし、それから私はその決断を後悔することになった。

「……遅いわね」

それから十数分はたっただろうか。

私は、柱の陰でうんざりとしてそう言葉を漏らす。

あれからそのまま待機していたのだが、貴族もネリアも姿を現すことはなかった。

貴族はともかく、普段ネリアがこんなに準備に手間取ることなどありはしない。

それを知っているが故に、自分の勘違いだとそう判断した私は、少し顔を赤くして呟く。

「こんな姿、誰にも見られなくてよかったわね……」

おそらく裏口を開けたのは、重要な手紙か何かをアイフォードに渡しにきた人間だろう。

使者は普段玄関を使うが、秘密裏の手紙なら裏口を使う人間もゼロではない。

そう考えた私はその場を離れようとして。

「……っ!」

外から、馬車の音が響いてきたのはその時だった。

それは間違いなく、貴族の来訪を告げるもので、私は内心焦る。

まさか、あのネリアが遅れた?

いや、こんな状況でそんなこと……。

そう思いながらも、私はいざという時はすぐに出ていけるよう神経を玄関に集中する。

その甲斐《かい》あり、私は扉の向こうで貴族らしき男が怒鳴っているのに気づく。

「……けるな! どれだけ……に手間取るつもりだ! 私が、ここに来ると言ってから、どれだけ時間がたったと思っている!」

それは、扉を通していることもあって、酷《ひど》く聞き取りにくい声だった。

だから、私はさらに意識を集中させた。

「帰ったら、覚えておけ!」

私はふと、あることに気づいた。

「え?」

まるで想像もしていなかったことに、私の表情が固まる。

しかし、私は必死で内心否定する。

そんなことがある訳ない。

あの人間がこの場所に来るはずがない。

……だから、この声が聞き覚えがあるように感じるのは気のせいなのだと。

そう思いながら、私は必死に祈る。

どうか、別の人間であることを。

その私の祈りは、次の瞬間開け放たれた扉の前に崩れ去ることとなった。

「……嘘」

許可もなく、強引に扉を開け放ったその人物は、私のよく知る人物だった。

「どう、して？　——どうしてここにクリスが？」

そこには、現侯爵家当主にして、私の元夫の姿があった。

その姿を目にしたとき、私の心にあふれ出したのは恐怖だった。

柱の陰に座りこみながら、私は必死に祈る。

……どうか、アイフォードがやってきませんように、と。

クリスがここに来た目的が私だと確定した訳ではない。

けれど、アイフォードとクリスが出会うと、ここでの生活が終わってしまうという確信が私にはあった。

ここに来た当初であれば、それも私は気にしなかっただろう。

けれど、もう無理だった。

……私は何があっても、この屋敷から離れたくなかった。

それが根本的な解決にならないことにすら気づかず、私は必死に祈る。

このまま、クリスは帰ってくれと。

しかし、その私の祈りが通じることはなかった。

奥の方から、硬質な足音が響いてくる。

「何だ？　一体誰……兄上？」

その言葉を聞いた瞬間、私は身体から力が抜けるような感覚を味わっていた。

呆然とする私に気づくこともなく、クリスとアイフォードは会話をし始める。

「久しぶりだな」

「ええ、兄上も」

「……その割には驚いていないようだが」

「あのウルガという女が職場に乗り込んできた時点でいつかこの日がくることくらい想像がついていましたよ。わざわざ俺が逃げられない王宮に乗り込んでくる性悪さには、正直うんざりしましたね」

心からの嫌悪を隠すこともなく、アイフォードはそう吐き捨てる。

「兄上も随分な女に入れ込んでいたものですね」

「……そうか」

そのアイフォードの言葉に、クリスの言葉がワントーン下がる。

しかし、すぐにクリスはいつもの調子で口を開いた。

「だったら、俺がここに来た目的も分かっているということか？」

「ええ、大体は」

「……っ！」

その瞬間、明らかにクリスの声のトーンが変化した。

隠しきれない興奮が滲んだ声で、クリスは問いかける。

「お前、やっぱり知っているのか」

「大体しか想像できないんで、何とも言えませんね」

そんなクリスに対し、飄々《ひょうひょう》とした態度のままアイフォードは続ける。

「まあ、ここで立ち話もなんです。部屋でじっくり話しましょうか」

「……ああ」

その会話を最後に、二人分の足音は遠ざかっていく。

その音を聞きながら、私はがたがたと震えていた。

……クリスに恩を返すために尽くす。

私はとうの昔に、そう覚悟を決めていたはずだった。

「嘘……！　嫌！」

なのにその時私の胸にあったのは、どうしようもない恐怖だった。

先ほどまで、この屋敷にいる資格などと言ってた自分が、馬鹿であったことを知る。

頭では分かっている。

こんな場所に私みたいな人間がいては許されないと。

クリスが探しに来た以上、私がここにいては皆の迷惑になるだけだと。

むしろ、直ぐに声をあげれば、アイフォードにも恩恵がある形で話をまとめられるかもしれないと。

けれど、もう私にはこの場所から離れることなど考えられなかった。

感情が大声で叫ぶのだ。

この場所から離れたくない。

あの場所に戻りたくないと。

そして、今の私はその感情を無視することができない。

ゆっくりと私は立ち上がって、アイフォード達が消えた方向へ追いかけて歩き出す。

その先にあるのは、かつてウルガが訪れた時にも使っていた客室。

今回もそこだとすれば。

……そう考えて進んでいく私の目には、隠しきれない恐怖が滲んでいた。

◇◆◇

私の想像通り、アイフォードが選んだ部屋は以前と同じ客室だった。

……私の部屋から一番遠い客室。

それは、前と同じく隠し通路から会話を聞くことができることを示していた。

今はウルガの時のように、アイフォードが騙《だま》されていたら、などの盗み聞きの正当な理由はない。けれど、今の私が、良心に苛《さいな》まれることは無かった。

あの日と同じ隠し通路。

その中へと、私は恐怖に背を押されるままに突き進んでいく。

いや、私の胸にあるのは恐怖を超えた絶望だった。

確かに、アイフォードは優しい。

私に怒りを抱きながら、それでも見捨てられないほどに。

しかし、それはあくまで私に居場所がないという状況故のことでしかない。

……そう、クリスが私のことを迎えにきた今、アイフォードが私を守る理由はもうないのだ。

そのことを理解しているが故に、私は自身の身体の震えを止めることができなかった。

意識を向けた耳に聞こえるのは、嫌になるほど大きな自分の胸の鼓動。

「こうして面と向かって話すのも久々だな」

部屋の中から、クリスの声が聞こえてきたのはそんな時だった。

「だが、私にはお前と昔話をするつもりなどはない。端的に聞こう。お前は私がここに来た理由をなんだと思っている？」

「そんなのわざわざ確認する必要がありますか？」

隠しきれない緊張が滲む声に対し、アイフォードの口調はいつも通りだった。

その口調のまま、アイフォードは淡々と告げる。

「ある人間の行方。それを探してるんでしょう、兄上？」

アイフォードがその人間の名前を言うことはなかった。

……しかし、もうそれだけで十分だった。

「やはり貴様は心当たりがあるのだな！」

次の瞬間、声を上げたクリスの口調には隠しきれない興奮が滲んでいた。

「やはり、私の予想は当たっていたのか！　ウルガがこの屋敷にきたように、あいつもここを訪れていたんだな！」

嬉々として叫ぶクリス。

その声とは対照的に、私は自身の目の前がどんどんと真っ暗になるような錯覚を覚えていた。

私の頭にかつてアイフォードが告げた言葉が蘇る。

――お前ら二人に侯爵家に狙われてまで助ける価値があるとでも？

それはかつてアイフォードがウルガへと言い放った言葉。

そうだ。

アイフォードはあの美貌を持ったウルガさえ、そう言って侯爵家に差し出したのだ。

私のような人間を庇《かば》う訳がない。

そう呆然とする私の耳に、クリスの興奮を隠せない声が響く。

「さあ、教えろ。マーシェルはどこにいる？　お前は、その居場所を知っているんだろう？」

そのクリスの質問にアイフォードはすぐに答えなかった。

何時間にも感じる数秒の後、アイフォードが口を開く。

「ああ、知ってる。分かった。――俺がマーシェルの居場所を教えてやるよ」

そのアイフォードの言葉を聞いた瞬間、私は足下が消え去ったような浮遊感の中にいた。

今までの屋敷でのことが、走馬灯《そうまとう》のように私の脳裏をよぎる。

それを感じながら、私は思わずにはいられない。

……なんて私は馬鹿なのだろうかと。

少し前まで、この屋敷にいる価値があるのかなどと考えていた自分を、そう笑わずにはいられなかった。

今になって私は気づく。

もう私は以前のように、クリスのために尽くすことはできない、と。

なぜなら私は知ってしまったのだ。

……この屋敷が、どれだけ居心地の良い場所かということを。

けれど、もう屋敷での日々も今日で最後だろう。

うつむく私の頬を一筋の涙が流れる。

これで私はまたあの侯爵家に戻ることになるのだ。

「は、早く私にその場所を教えろ！」

そんな私の内心とは対照的に弾んだ声でそうクリスが叫ぶ。

その声を聞きながら、もう叶う訳ない願いを私は胸に抱く。

どうか、何らかの奇跡が起きて私の存在をアイフォードが忘れ去ってくれるように、と。

「マーシェルがいると俺が考えている場所。それは」

そんな私の内心に気づく訳もなく、アイフォードは口を開く。

私は現実を拒否するように強く目を閉じて。

「……おそらく公爵家だ」

――次の瞬間、アイフォードが告げた言葉に、私は呆然として顔をあげた。

その時、私が声を上げげなかったのは奇跡と言っていいだろう。

まるで想定もしなかった言葉に、私は声さえ上げられず唖然と立ち尽くす。

「なにを、言ってる？」

かすれきったその声に、クリスの内心が私とまるで同じであることを理解する。

先ほどまでの勢いが信じられないほどに、クリスの声からは力が失われていた。

「し、信じられるか！　本当はこの屋敷にいる……」

ばさっ、とクリスの言葉を遮るように何かが投げつけられたのはその時だった。

「信じられないのならそれを見てみろ」

「……これは」

「マーシェルが失踪してから、公爵家に雇われた一人の女性使用人の資料だ。まあ、俺もこの目で見た訳じゃないから断言はしない」

そうアイフォードが一度言葉を切ると、一心不乱にクリスが書類をめくる音が聞こえる。

それを待つように時間をあけた後、アイフォードは口を開いた。

「だが見れば分かるだろう？　この人間がマーシェルである可能性はかなり高いと」

「……っ！」

その言葉に、クリスが声にならない言葉を漏らす。

それこそが反論する言葉のなさを何より雄弁に語っていて。

同時に私はあることに気づいた。

——即ち、アイフォードが私を庇ってくれていることを。

どうして？

涙に濡れた顔を上げ、私は壁の向こうに居るはずのアイフォードへと目を向ける。

なぜ？　アイフォードの言動の理由が私には理解できなかった。

頭の中には、ウルガを躊躇《ちゅうちょ》せずに差し出したアイフォードの姿がある。

どうして私をアイフォードが庇っているのか、私にはまるで状況が分からない。

そんな私と同じく、クリスもまた衝撃を隠せていなかった。

「う、嘘だ！　公爵家だと？」

「そうだな。相手が公爵家であることもあって、確定するまでは調べられていない」

そんなクリスに対するアイフォードの口調は、一切変わることはなかった。

「だが、お前が一番分かっているだろう？　あの公爵家が特例で執事にも引けを取らない権限を与えた侍女。……そんな人間は、マーシェル以外考えられないことを」
「……っ！」
その言葉を聞きながら、私は思う。
……まさか、公爵家まで利用してクリスを騙《だま》そうとするとは、と。
また、こんなピンポイントでそんな人間が公爵家に入りはしないだろう。
だとしたら、公爵家当主が偽装に加わっているとしか考えられない。
そして、そんな偽装をクリスに見抜くことはできなかった。
「くそ！　あの男、ここでも私の邪魔をしよって！」
怒りを隠さず、クリスはそうわめき散らす。
それを聞きながら、私は呆然と思う。
……もしかして、私はこの場所にまだいられるのか、と。
まだ、どうしてこの状況でアイフォードが私を庇ってくれたのかも分からない。
私を庇うことにどんな意味があるのかも。
けれど、私はまだこの屋敷にいられる。
そのことが、徐々に私の胸の中に喜びとして湧き出してきて。
なりふり構わないクリスの声が響いたのはその時だった。
「頼む、アイフォード！　私に協力してくれ！」
その瞬間、私は想像もしない事態に固まることとなった。

今まで、クリスがこんなに私に執着したことはなかった。

だから私は、ある程度無理だと判断したらクリスは去るものだと考えていた。

故に、私は現在のクリスの態度に違和感を感じる。

「このままでは侯爵家に待っているのは破滅だけだ！　頼む、手を貸してくれ！　もう、私にはマーシェルを軽視するつもりもない！」

かつて切望していたはずの、その言葉。

しかし、それを聞いても私の心に生まれるのは嫌悪感だけだった。

また、私の中の嫌な予感がさらに増していく。

なぜ、アイフォードが私を庇ってくれるのか分からなかった。

けれど、今になって私は一つの可能性に気づいてしまう。

もしかしたら今までの発言は、今の状況を作るためのものではなかったのか。

……つまり、今までの態度はクリスのこの言葉を引き出すための振りではなかったのか、と。

「頼む！　なんでもする。侯爵家当主としてどんな話でも聞くことを誓う！　だからマーシェルを取り戻すための協力をしてくれ！」

致命的な一言が発せられたのは、私がその考えに思い至ったその時だった。

心臓が凍り付いたような錯覚の中、私は呆然として思う。

最悪の状況が起きてしまったと。

侯爵家は確かにかつての力を失っている。

しかし、私は知っていた。

アイフォードの頭脳なら、そんな侯爵家でも利用することができると。

「ああ、そうだな。その件について俺も話したかったよ」

……だから、アイフォードがそう答えた時、私は身体の震えを止めることができなかった。

今から一体どんな条件を出して、アイフォードが私を引き渡すのかは分からない。

けれど、そんなことはもう関係ない。

なぜなら、私を侯爵家に引き渡すという一点だけは既に確定したのだから。

だから、次の瞬間聞こえた声が、私には信じられなかった。

「──ウルガを渡した借りを今返せ。もう、マーシェルに関わるな」

必死に堪《こら》えていた涙が、足元に落ちる。

ぐしゃぐしゃな顔を上げた私の口から、小さな声が漏れた。

「……え？」

今まで必死に堪えていた声。

しかし、声を発してしまったことさえもう私にはどうだって良かった。

運良く向こうの部屋の物音に声がかき消されたことさえ意識せず、私は呆然と壁を見つめる。

……その向こうにいる、アイフォードを。

「あれでかなり侯爵家の財政は助かり、名誉も守られたはずだ。その借りは安くないだろう、クリス？」

「……どう、してだ？」

私の内心を代弁するように、そうクリスが告げたのはその時だった。

「マーシェルを救って、お前に何のメリットがある……！」

クリスの怒声が部屋を震わせる。

その言葉は当然の指摘だった。

ウルガとの一件の時、死にものぐるいで得た侯爵家への貸し。

それは決して安くない。

「あのときの借りをこんな無意味にマーシェルに使う気か！」

ウルガとの一件で私は自分一人の限界をよく理解していた。

メイリという腹心の存在があってもなお、私は最後はアイフォードの足手まといになっただけだった。

今の私には、何の価値もない。

なのに。

「当たり前だろうが。——何の為に侯爵家に貸しを作ったと思っている？」

そう告げたアイフォードの言葉には何のためらいもなかった。

「……は？」

アイフォードの言葉が信じられないといったクリスの声が聞こえる。

しかし、そんな声さえ遥《はる》か遠くの出来事のようだ。

――少しくらいお前は自分を誇れ、馬鹿。

どうしようもなく高鳴る心臓とともに、その言葉が蘇ってくる。

なぜ、その言葉がこんなに心に残っているのか、私は考えたこともなかった。

でも、今更ながら私は気づく。

……自分はずっと勘違いしていたのだと。

今まで私が人に尽くしてきた理由、それはそうすることでしか自分には価値がないからだと思いこんでいた。

それ以外、自分にはできることがないからだと。

だが、違った。

私が必死に自分を捧《ささ》げる根底にあったのは、そんな絶望ではなく希望。

胸にこびりついた幼い願望だった。

――私は、誰かに自分を認めてほしくてたまらなかったのだ。

ただ、自分のしたことを認めてほしかった。

すごいと、がんばったねとほめてほしかった。

……自慢の娘だと、自慢の妻だと、そういってほしかったのだ。

その思いがあったから私は実家に、そしてクリスに尽くしてきて、そしてアイフォードに恋をした。

自分のことを初めて尊重してくれたアイフォードなら、私を認めてくれるのではないかと思ったから。

そんな思いを抱きながら、同時に私は必死にその思いに目を向けないようにしてきた。

……なぜなら私は、アイフォードがとても優しいことを知っていたから。

アイフォードは、信じられないくらい人に優しい。

様々な人達に、それこそ裏切り者である私にさえ情けをかけてくれる程に。

だから、私は自分の思いを封じ込めた。

アイフォードが私に優しくしてくれたのは特別視や、自分を認めてくれていたからではない。

私がたまたま様々な人達の中に入っていただけ。

そんな現実を突きつけられた時にも耐えられるように。

だから。

「俺がマーシェルを、自慢の友人を守ろうとすることに何の理由がいる？」

その言葉を——今まで待ち望んでいた言葉を聞いた時、頬を濡らす溢れた感情を抑えることはもうできなかった。

今まで、どれだけ尽くそうが誰も私のことを認めてくれはしなかった。

その対価に私が得てきたのは、嘲りと冷笑。

なのに、私が裏切ったアイフォードだけが違った。

「だから、もう手を引けよクリス。俺はお前にも、侯爵家にももう関わりたくはない。だが、俺の友人に手を出そうとするなら、お前等《ら》を敵に回すことに躊躇はない」

もうアイフォードの口から聞くことはないだろうと思っていた友という言葉。

そんなアイフォードの言葉に、クリスの返答はなかった。

しばらくして、クリスが絞り出すように声を出す。

「ま、待て。冷静になれ、アイフォード」

もはや、懇願するようにさえ聞こえる声で。

「俺は冷静ですよ、兄上」

けれど、その返答は短いそんな言葉だけだった。

今度こそクリスの返答はなかった。

その沈黙こそが、何より雄弁に物語っていた。

……もうアイフォードを説得することはできない、そうクリスが思っていることを。

「くそ！」

捨《す》て台詞《ぜりふ》とともに苛立ちを隠そうともしない足音、そして扉を開け放つ音が響く。

だが、そのあと扉の閉まる音がしない。

「裏切った人間に対して、とんだお人好《ひとよ》しだな！」

怒りを、憎しみを隠そうともせず、クリスが叫ぶ。

「断言してやるよ、お前はまた裏切られるに決まっている。その時の泣き言が楽しみだよ！」

これがクリスの負け惜しみにすぎないことは分かっていながら、私の心臓がはねあがる。

そんな私とは対照的に、アイフォードには一切の動揺も存在しなかった。

「はは、そうかよ。それは楽しみにしておく」

信じられないほどさわやかな声で笑いながら、アイフォードは告げる。

「その時は、笑って迎えにいくさ」

「……っ！」

もう、クリスが口を開くことはなかった。

乱暴に扉の閉まる音が響き、そして部屋の中が一気に静かになる。

「……今度こそ、な」

だからか、はっきりと聞こえたアイフォードの言葉。

その意味が分からないままに、ぼんやりと私は思う。

今日のこの日、アイフォードが私を友人と呼んでくれた瞬間を。

——世界が変わったこの日を、私は一生忘れないだろうと。

第七章　アイフォードの思い

クリスに続いて部屋を出た後。

俺、アイフォードはクリスの動きを確認するまでもなく、自室に向かって急いでいた。

あそこまで言ったのだ。

これ以上、クリスが暴走するとは思えない。

それよりも俺には、もっと気になることがあった。

「……マーシェル」

実のところ、クリスの襲来という状況は俺にとって想定外でも何でもなかった。

なぜなら俺はクリスがやってくることを事前に知っていたのだから。

そう、それを教えてくれた人間がいた故に。

ただ一つ、マーシェルがクリスと出会うことだけは絶対に避けなくてはならなかった。

故に俺はネリアにあることを命じていた。

即《すなわ》ち、マーシェルをすぐに見つけて俺の部屋に向かうよう命じて欲しいと。

それは、ウルガに対してマーシェルが暴走していたことを踏まえて、念を入れた対策だった。

あの時は気付かぬうちにマーシェルはウルガと接触し、行動に出ていた。

だから今回こそは、マーシェルがクリスに出くわすことのないようにと、俺は手を打ったのだ。

「いない、だと？」

……しかし、自室に入った俺はすぐに自身の目論見《もくろみ》が崩れ去ったことを悟った。

自室には、誰の姿もありはしなかった。

それを確認し、俺の顔から血の気が引く。

未《ま》だクリスがいる状況でマーシェルの行方が分からないというのはあまりにも致命的だった。

「……早く、クリスを屋敷《やしき》から追い出さないと」

せめて、最悪の事態だけは避けるために動かないとならない。

そう判断し、俺は振り返る。

廊下の向こう。

とある人物がゆっくりとこちらへ向かっているのに気づいたのはその時だった。

俺が見ていることに気づいたその男は、俺に向かって手をひらひらと振りながら告げる。

「安心しろ。クリスなら、侯爵家の使用人に言って引き上げさせておいた」

その手際の良さに、俺は居心地の悪さを感じながらその男……かつての侯爵家執事で、現王宮使用人である友人の名を呼ぶ。

「……アルバス」

「お前、感情的になりすぎて俺の存在を忘れてただろう？」

そう皮肉げに笑いかけてくるアルバスに、俺は苦虫を噛《か》み潰《つぶ》したような表情で顔を逸《そ》らす。

相変わらず鋭いやつだと。

そんな俺へと、アルバスはさらに続ける。

「そんなにマーシェル様のことを気にかけるなら、もう少し周囲に目をやれよ」

毒のある言葉に、俺の表情がさらに渋さを増す。

いつもなら俺も、言葉を返していただろう。

しかし、今回俺は必要以上に言い返すことはしなかった。

「……悪かった」

素直に俺はアルバスにそう言葉を返す。

今回に関しては確かに、俺に非があった。

そしてそれよりも何よりも、今回俺はアルバスに逆らえない理由があった。

何せ、クリスの来訪を俺に教え――そして、マーシェルが公爵家にいると思わせるような資料を持ってきたのは目の前のアルバスなのだから。

アルバスがこの屋敷にきたのはクリスが来る十数分前。

突然裏口から姿を現したアルバスには酷《ひど》く驚くことになった。

だが、その時来てくれていなかったら俺は慌てふためきながらクリスに対処することになっていただろう。

アルバスが事前にクリスの来訪について教えてくれたのは非常に助かった。

そしてまた、公爵家の資料についてもあまりにも貴重な情報だった。

俺も決してクリスが来る時のことを想定していない訳ではなかった。

もちろんその時のプランも用意してはいたが、完璧とは言《い》い難《がた》かった。

普通なら俺の所にはこないだろうという考えと、ウルガの乱入という状況が重なり、満足できる対応とは決して言えないものだった。

――何せ俺は今、騎士団長という最強のカードを使えない状況にあるのだから。

本当にあのウルガという女は厄介なことしかしない、そう思う一方で俺は心からアルバスに感謝していた。

「……お前がそんな低姿勢だと気持ち悪いな」

しかし、そんな俺を本気で気持ち悪そうに見ながら、アルバスはそう告げる。

その態度に一瞬いらっとしつつも俺は、すぐに苦笑した。

「今回は本当に助かったからな。ウルガの時に上に無茶ぶりを聞かせたから、かなりきつくてな」

「ああ、よく知ってるよ。存分に恩に感じろ……といいたいが、今回は俺の手柄でもないんだよ」

「……どういうことだ？」

その言葉に俺は思わずアルバスの顔を見返す。

そんな俺に苦笑しながら、アルバスは俺の手にある書類、公爵家に雇われた一人の女性使用人についての資料を指さす。

「この偽造の資料の用意を指示したのも、クリスがここに来ると伝えて欲しいとお願いしてきたのも、全部コルクス様なんだよ」

「コルクスが？」

「ああ。資料に関しては公爵家との交渉もほとんどやってくれたようなものだし、今までクリスを抑えてくれてたのもあの方だ」

そこまで言って、アルバスは屋敷の玄関の方へと目をやる。

おそらくもう、クリスは去っただろうと。

「それに、俺がクリスの到着よりも先にお前にこのことを知らせることができたのも、あの方が最後までクリスを妨害し、ここに来るのを遅らせてくれたおかげだ」

「……そうか、そこまでしてくれたのか」

そう言って、俺は侯爵家の方向へと目を向ける。

もうコルクスはいないと分かっていながら。

「最後にあの人からの伝言だ」

「……伝言？」

驚きを顔に浮かべる俺にうなずき、アルバスは口を開く。

「アイフォード様。以前も役に立たなかったばかりか、マーシェル様に至っては支えることもできておらず、本当に申し訳ありません。だとよ」

「……変わらないな、あの人は」

その伝言に、俺は思わずそう苦笑を浮かべていた。

相変わらずの不器用さだと、そう思いながら。

「ここまでしてくれて、役に立っていない訳がないのにな」

「相変わらず鈍い方だろう？」

そう苦笑するアルバスに、俺は頷《うなず》き返し、

「本当に変わらないな。……あの屑親父《くずおやじ》から、俺を守ってくれていた時からずっと」

そう告げた俺の脳裏に蘇《よみがえ》ったのは、かつて侯爵家を追い出された日の事だった。

あの時、俺の前で頭を下げ謝罪したコルクスの姿を俺は鮮明に覚えている。

――お守りできなくて、本当に申し訳ありません。

そう俺に謝罪したその姿を。

「……屑親父に何度も反抗して俺を庇《かば》った上での言葉だと信じられるか？」

「はは。本当にあの人らしいな。自分がどれだけ庇っていても、そのことにすら気づかない」

「本当だよ。あの屑親父のそばに居ただけで多くの人が助かっていたのにな」

コルクス、侯爵家前当主の弟であり、何の躊躇《ちゅうちょ》もなく兄に当主の身分を渡した人間。

その存在をどれだけ、あの屑当主が恐れていたか、本人は知る由もないだろう。

先代当主は何よりコルクスに自分の裏の顔が知られることを恐れており、隠し続けてきたのだから。

その結果、コルクスが先代当主の裏の顔を知ることはなかった。

……けれど、その事実がさらに親父にとってプレッシャーになっていたのだが。

といっても、そういう親父の姿は俺にとって愉快でしかなかった。

――いくら能力があろうが、純血たり得ない貴様が当主になれると思うなよ。

かつて面と向かって親父が俺に告げた言葉を思い出しながら、俺は思う。

この先侯爵家が滅びるのも、当然の報いなんだろうと。

「……あの屑当主のことをコルクス様に言うべきだと思うか？」

そうアルバスが問いかけてきたのは、そんな時だった。

その言葉に、俺は無言で考える。

しかし、すぐに首を横に振った。

「いや、いいだろう。もう死んだ人間のことだ。煩わせる必要はないだろうさ」

「……そうか。いや、そうだな。あの方は無駄に自身を責める方だからな」

その言葉に俺は今度は首を縦に振る。

そう、このことをあの人に告げる意味などありはしないだろう。

そのことを知れば、あの人は間違いなく自身を責めるだろうから。

どれだけ俺たちが救われていたとしても。

「まあ、俺が侯爵家に恩を感じていることに関しての勘違いだけは、訂正したいところではあったがな」

そう呟《つぶや》いたアルバスの目には、小さく憎悪が浮かんでいた。

それを見て、俺は無言で顔を逸らす。

アルバスのその感情も当然のことなのだから。

何せ、アルバスは侯爵家前当主に……諜報《ちょうほう》員として働くことを強いられてきた人間だった。

やり手と称された侯爵家先代当主、その裏でやっていたのは様々な汚職や非合法な仕事だった。

俺とアルバスが友人関係を築いたのも、同じ被害者という立場だったからだ。

そんな侯爵家の唯一のストッパーこそが、コルクスの存在だった。

あのまま親父が侯爵家を支配していたら、侯爵家は汚辱にまみれた貴族となっていただろう。

それを防ぎ、全ての悪事を虱潰《しらみつぶ》しに潰していった人間こそ、コルクスだった。

兄のことを信じていたコルクスは最後までその本性を知ることはなかった。

ただ、その悪事が続くことだけは絶対に許さなかった。

どれだけ前当主が止めようが無視し、悪事を徹底的に壊滅させたのだ。

そのコルクスの存在のおかげで、俺は侯爵家で生き抜くことができ、アルバスは裏社会から解放された。

故に俺たちは、誰よりも厳しく、そして優しいが故に鈍感なあの執事に恩を感じ、ほかの様々な人間も慕っているのだ。

その影響力が大きい故に侯爵家前当主も、どれだけ目障りで恐ろしい存在でも、コルクスを追い出すことができなかった。

——そしてクリスは、そんなかけがえのない人材を侯爵家から解き放ったのだ。

「本当にあのぼんくら当主もどうしようもないな。あの状況の侯爵家を維持できる人間なんて、コルクス様くらいなのにな」

アルバスがそう苦笑いを漏らした。

その目には隠す気のないクリスへの怒りが滲《にじ》んでいて、俺は苦笑する。

まあ、アルバスがクリスへ怒りを抱くのも当然の話だろう。

クリスはマーシェルを虐げ、コルクスの献身を無視した馬鹿当主以外の何者でもなくて。

それでも、コルクスがまだ見捨てていなかったが故に、アルバスはクリスのために働くことを強いられたのだから。

さぞ不満が溜まっていただろうアルバスからすると、今は笑わずにはいられない状況に違いない。

……しかし、アルバスがそう笑みを浮かべていられたのは少しの間だった。

「とはいえ、コルクス様も何の手回しもせずに飛び出したからな」

その言葉に、俺もまた顔をしかめることになった。

高位の貴族や使用人の中には、コルクスを慕う人間は多い。

しかし、後ろめたい事情を持つ貴族にとってはコルクスは恨みの対象なのだ。

「あの爺《じい》さん、ほんとに自分のことになると無頓着だな」

その姿に、俺はどうしようもなくマーシェルを思い出してしまう。

そう思うと、もう俺の中に放置という選択肢はなかった。

ため息を吐きながら、俺は告げる。

「とりあえず、俺が使用人としてコルクスを雇うか」

「……本気か？」

「ああ。騎士団長就任は無期限延期になったが、それでも就任が撤回されたわけではない。よほどの貴族じゃなければ、手出しはしてこないだろうさ」

「……あの無茶な権限行使のやつか」

それだけで俺はアルバスが何を言ってるか理解できた。

俺の騎士団長就任が無期限延期となった理由、ウルガとの一件で強引に権限を使ったことを言ってるのだろうと。

そして、それは正解だった。

そう、騎士団長就任無期限延期、それはウルガとの一件で俺が与えられた罰則だった。

というのも、あの時点で俺はまだ騎士団長への就任が決まっていただけで、正式に就任した訳ではなかった。

にもかかわらず権限を強引に行使したことは、騎士団長として許されることではなかった。

その結果、事実上俺の騎士団長就任時期は、未定になったのだ。

「さすがにお前も知っていたか。まあ、あの時のことに後悔はない」

しかし俺は何の躊躇もなく告げる。

それは、俺の心からの本心だった。

「マーシェルのために得た身分だ。マーシェルに使って何が悪い？」

そう、何せマーシェルを救えたのだから。

故にそう答えた俺に、アルバスは少しの間無言となる。

しかし、数秒して口を開いた。

「……それを聞いて安心したよ。動いておいて正解だったらしい」

「は？」

まるで脈絡のないアルバスの発言に、俺は思わず眉をひそめる。

アルバスが何かを投げてきたのは、その時だった。

「っ！」

「苦労したんだ、感謝しろよ」

とっさに何とかそれを受け取った俺に、アルバスはそう告げる。

何事かと俺は苛立《いらだ》ちを覚えながら、手のひらを開き、

「……は？」

――そこで輝く、かつて回収されたはずの騎士団長の記章を目にし、絶句することになった。

「喜べ、お前の就任無期限延期は撤回されたぞ」

「お前、これ……！」

その言葉に、俺は衝撃を隠すことができなかった。

確かに、アルバスは決して王宮での立場は低くない。

大臣ではないが、国王陛下と直接やり取りできる立場にいる。

けれど、無期限延期を撤回できるほどの立場ではないはずだった。

それ故に衝撃を隠せない俺に、アルバスは肩をすくめて告げた。

「まあ、これは俺というかマーシェル様のおかげだがな」

「……どういうことだ？」

「メイリが俺に、これを持ってきたんだよ」

そういって、アルバスが俺へと差し出したのは、何かの書類の写しだった。

俺はそれを無言で受け取り目を通す。

「っ！」

そして、その中に記された内容に絶句することとなった。

「これは……！」

「そうだ。ウルガが横領に関わっていたことを証明する書類だ。それによって、お前が強引に権限を使うだけの理由があったとしてこの件は処理された」

呆然《ぼうぜん》とアルバスの言葉を聞きながら、俺は理解していく。

あの時、一体マーシェルがなにを望んでいたのかを。

あんなに虐げられてもなお、ウルガの使用人という立場で尽くしていた理由は一つ。

――俺達《おれたち》を守ろうとしたからだと。

「……くそ」

そのことを理解した瞬間、俺の口からそんな言葉が漏れていた。

「また、こんなこと……！」

そう呟きながら、俺が怒りを抱いていたのはマーシェルにではなかった。

俺が怒りを抱いていたのは、そんな風にマーシェルが動かずにはいられない原因を作った人間。俺自身への怒りだった。

「……なにが、犠牲は許さないだよ」

自分が言った言葉が俺の頭をよぎる。

その言葉が何より俺のことを追いつめるものとなっていた。

自分自身がマーシェルを犠牲にしていた。その事実に俺はただ唇を噛《か》み締《し》めることしかできない。

「悔いているところ悪いが、そんな時間があるなら行動で示せ」

「……っ！」

反射的に俺はアルバスの方へと向く。

その顔に浮かぶのは笑顔だが、その目は一切笑っていなかった。

「別にお前が怒りを抱くのが不当だとか言うつもりはない。確かにあの人はお前を裏切った。だが、もう分かっているんだろ、アイフォード」

真《ま》っ直《す》ぐに、俺の目を見ながらアルバスは告げる。

「あの人は……マーシェル様はそれだけでお前を侯爵家から追い出した訳ではないと。現実逃避はもうやめろ」

その言葉を最後に、アルバスは俺に背を向ける。

後は言わないでも理解しろ、そう言外に告げるように。

遠ざかっていくその背中を見て、俺はただ唇を噛み締める。

「煩《うるさ》い。俺の愚かさは一番俺が分かってるんだよ」

そう吐き捨てた俺の頭の中に、ある記憶が蘇ってきたのはその時だった。

それはマーシェルが自身の罪だと思っている出来事。

――マーシェルが俺を裏切って救った、忘れることのできない懺悔《ざんげ》の記憶だった。

◇
◆
◇

もう三年が経《た》つにもかかわらず、その光景ははっきりと頭に残っている。

それは裏切られたと言うには、あまりにも一方的なことだった。

その時の光景、覗《のぞ》き見てしまった光景は今も俺の頭にこびりついている。

覗くつもりなんかなかった。

ただ、いつものようにマーシェルを探していただけで。

だから、その光景を見たとき俺は心臓が止まるほどの衝撃を感じた。

その感覚と、その時目にした光景を、俺は今でも鮮明に覚えている。

震えるマーシェルと、その肩に手をおく父。

侯爵家先代当主の姿を。

「ここなら誰もこないな。さて、話の続きをしようか」

いつもはみないような優しげな声と共に、父が発した言葉。

それに、俺は恐怖を覚えると共に、なぜか一種の納得も感じていた。

ああ、とうとうこの日が来たか、という。

俺はこの屋敷から追い出される日が、やってきたのだと。

……そして、次の父の言葉がその俺の考えが正しいことを証明した。

「お前がアイフォードに対処しろ。お前なら、油断されずにあれをこの屋敷から追い出せるはずだ」

それはほぼ、俺にとって死刑宣告のようなものだった。

俺が今生きているのは、コルクスがいることと次期当主候補という立場のお陰。

けれど、次期当主という立場が消えれば、もうコルクスでさえ俺を守ることは出来ないだろう。

父が手を下さなくても、クリス陣営の人間達が俺の存在を許しはしないだろう。

だから、それを聞いて俺の胸にあったのは諦めだけだった。

だって、俺は知っていたのだ。

あの父に刃向かえる訳がないことを。

コルクスしか抑えられない圧倒的な存在が父で、マーシェルは侯爵家の中で一番弱い存在でしかなかった。

「……わかり、ました」

だから、その言葉を聞いた時俺の胸にあったのは納得と僅かな安堵《あんど》だった。

それで良《い》いと、それが正解であると俺は内心頷く。

その時、俺の心には一切マーシェルに対する恨みも、不満もありはしなかった。

俺の代わりに、そのまま生きてくれ。

そんなことさえ思っていた。

なのに――マーシェルは受け入れた訳ではなかった。

「ただ、条件があります！」

ぼろぼろと、恐怖で涙を流しながら、顔をあげたマーシェル。

その時の顔は、俺の胸に焼き付いている。

……そしてそれは、あの父も同じだっただろう。

「代わりに、アイフォードの安全は保障して下さい！」

その言葉を告げた瞬間、言葉を失っていた。

それは俺だけではなく、あの父でさえ。

呆然としながらも、俺は内心マーシェルに向かって叫ぶ。

やめろ、なにをしようとしている？

いいから、お前は自分のことを大切にしろ。

しかし、その言葉のどれもが口にでることはなく、とうとうマーシェルが決定的な言葉を告げる。

「そうでなければ、私は貴方《あなた》を許しません！」

父が手を振り上げ、ぱんっと乾いた音が響いたのはその直後だった。

「他家の小娘が生意気な」

そして、父が告げた言葉は信じられない程冷え切っていた。

その凍えきった声を聞きながら、俺は思う。

このままではマーシェルが殺されてしまうと。

俺が、どうにかしないと、と。

……なのに、俺には前に出られない。

そんな俺と対照的に、マーシェルは父から目を背けることはなかった。

未だ目からは大粒の涙がこぼれ、父に殴られた頬は赤く染まっている。

怖くない訳がないのに、気圧《けお》されることもなくマーシェルは身じろぎもしない。

そばにいない俺でさえ耐えられないような空気がそこにはあった。

「運が良かったな」

その空気を壊したのは、苦さを含んだ父の声だった。

「貴様がコルクスのお気に入りでなければ、もしくはクリスがあれほど愚かでなければ、その発言をすぐに後悔させてやったものを」

その言葉を聞きながら、俺はその場に崩れ落ちそうになる。

マーシェルは何とか助かったのだと。

しかしそれは、勘違いだった。

「その言葉は聞こう。だが、これは貸しだ」

そのことに俺が気づいたのはその父の言葉を聞いた時だった。

確かに、これでマーシェルの命が失われることはないだろう。

けれど、それは別にマーシェルが救われたという話ではないのだ。

なぜならこの先、マーシェルに待っているのは侯爵家の奴隷という生活なのだから。

「お前はこの恩を自分の身体《からだ》で返せ。用済みになるその時まで、侯爵家の為《ため》に命を捧《ささ》げろ」

「……はい」

——なのに、それを一番理解しているはずのマーシェルに迷いはなかった。

俺を助けるために、マーシェルは自分を迷いなく犠牲として捧げたのだ。

これで、俺は助かる。

考えもしなかった理想的な条件で俺は侯爵家をでることが出来る。

……けれど、俺の胸を支配したのは、先ほどはなかった怒りと憎悪だった。

俺はずっと、その感情を困惑だと思っていた。

裏切りながら、同時に助けてくれたマーシェル。

その友人に、どう対応すればいいのか分からないのだと。

けれど、今なら分かる。

ずっと消えない怒りが俺の胸にあった訳、それはそんな理由ではない。

そもそも俺が怒りを抱いていたのはマーシェルではなく。

——あの時、動くことができなかった自分自身にだった、と。

最初から俺は理解していたのだ。

マーシェルは俺を裏切ったのではない。

むしろ助けるために、全てを捧げ侯爵家に残ると決意してくれたことを。

……にもかかわらず、俺を裏切ったと自分を責めるような人間であることを。

そんなマーシェルに対し、俺はどうだ。

それを考えたくなかったから、俺は今まで必死に目を逸らしてきた。

裏切られたことに傷ついているのだと、自分さえ騙《だま》して。

その結果、マーシェルはクリスに虐げられ、大きく傷ついた。

だからこそ、俺はもう逃げるつもりなどなかった。

「……今度こそ、逃げてたまるか」

頭に浮かぶのは、殴られても引かなかったマーシェルと震えることしかできなかった自分。

今でも夢に見るその光景を思い出し、俺は自分に宣言するように告げる。

「マーシェルに借りを返す。俺がマーシェルを守ってみせる」

ただ、と目を瞑《つぶ》りながら俺は思う。

今回に関しては、何とかマーシェルを守れたのではないか、と。

もうクリスはこの屋敷にはいない。

マーシェルはまだこの部屋に来ていないとはいえ、それも時間の問題だろう。

そう考えながら、俺は思う。

マーシェルがクリスと会っていたらこうはなっていなかっただろう、と。

確かに、マーシェルが侯爵夫人となったのは意にそぐわないことだった。

けれど、今もマーシェルが不満に感じていると俺は思っていなかった。

マーシェルがどれだけお人好《ひとよ》しであるかを知るが故に。

クリスが相手でも、マーシェルは今まで尽くしてきたのだろう。

その何よりの証明が陰の支配者という呼び名だ。

そして、そんなマーシェルがクリスと再び会えば、絆《ほだ》されないと俺には断言することができなかった。

何せ、俺を救った上で裏切ったと思うようなお人好しで責任感の強い人間こそ、マーシェルなのだから。

だから、俺は改めて思う。

「……マーシェルをクリスに会わせなくて良かった」

扉の外、どたどたという足音が響いたのは、そんな時だった。

一瞬俺は、ようやくマーシェルを掴《つか》まえたネリアがやってきたかと笑みを浮かべ……それはすぐに嫌な予感に変わった。

こちらに向かってくる足音、それはどう聞いても一人分のものにしか聞こえない。

それに騒がしい足音は、音の主の焦燥を何より雄弁に物語っていて。

そのことに思い至った瞬間、俺は自室から飛び出していた。

「……っ！」

「アイフォード様！」

俺の嫌な予感は的中することとなった。

俺の部屋の前に走ってきていたのは、風呂掃除姿のままのネリアだった。

それは、俺がマーシェルを探して欲しいと頼んだ時と同じ服装で。

……その隣には、マーシェルの姿はなかった。

啞然とする俺に、ネリアは必死の形相で口を開く。

「マーシェル様がどこにも見あたらなくて……！」

「くそ！」

その言葉を聞いた瞬間、俺は自室を飛び出し、走り出していた。

走り出した俺は一直線にある場所に向かって走っていた。

それはクリスと話した客室。

信じたくはない。

だが、全てを探して見つからないと言うならば、唯一近寄るなと告げていた客室近く以外あり得なかった。

「……っ」

そして、その俺の想像は的中することになった。

少し離れた場所、呆然と佇《たたず》むマーシェルの姿。

それを目にした俺の口から、無意識のうちに小さな罵声が漏れる。

この事態は想定していた。

だから手を打ったはずなのに、そんな思いが胸をよぎる。

いったいどうすればこの事態は避けられたのか、そんな考えが俺の頭に浮かび、しかしすぐに消える。

……今更どんな手段を考えようが、手遅れでしかないのだから。

とにかく今は、これからどうするか。

クリスの来たことにマーシェルが気づいていないことを祈りながら、俺は近づいていく。

そして、その途中で自身の希望がはかなく散ったことを理解した。

呆然と佇むマーシェル。

その姿はなぜか埃《ほこり》だらけで……さらにその目は赤く充血していた。

明らかに泣いていたとしか思えないその表情に、俺は唇を噛みしめる。

——明らかに、マーシェルはクリスの来訪に気づいていると。

そうでなければ、目の前のマーシェルの様子は説明が付かなかった。

ここまで感情を露《あら》わに泣く理由、それは心を寄せている人間が影響していなければおかしい。

そして、今の状況ではその人物はクリスしか考えられなかった。

……そこまで考え、俺の胸が一瞬痛む。

あまりにも女々しい自分の反応に、俺は思わず笑いそうになる。

なぜ、こんな叶《かな》うことなどあり得ない感情にまだ引っ張られているのだと。

いずれ自分のそばからマーシェルは離れていくのに、それさえ受け入れられないのかと。

そこまで考え、俺はその思考を頭から振り払った。

どちらにせよ、クリスにだけはマーシェルを預けることはできない。

とにかく今は、何とかしてマーシェルを止めるのは変わらないと。

マーシェルに近づいていた俺の足が止まったのは、その時だった。

ここまできて、俺にはどうすればマーシェルを止められるのか分からなかった。

一時的であれば、マーシェルを罪の意識で縛ることはできるかもしれない。

それでも、クリスから引き離すのにそれが最適であるとは、俺には思えなかった。

このままでは、いずれマーシェルはクリスの元に戻ろうとするに違いない。

……こんな涙を流すほどに、クリスのことを思っているのだから。

それを防ぐには、もっと大きな縛りが必要で。

「……アイフォード？」

「っ！」

マーシェルがちょうど俺の方へと向き直ったのは、その思考の最中だった。

涙に濡れたマーシェルの目、それがなぜか艶っぽく見えて、俺の思考はさらに乱れる。

そんな中、何とか俺はいつものように皮肉げな笑みを浮かべる。

「こんなところにいたか。探したぞ」

「……何か、私に？」

「ああ。大事な話がな」

そういいながら、俺の思考はまだ纏《まと》まっていなかった。

ただ、胸のうちで気持ちだけが暴走するように叫んでいた。

ここで、マーシェルを渡すことだけは許してなるものかと。

あんな契約結婚でマーシェルを酷使したやつに、もう一度渡してなるものか。

俺の心から、気持ちが溢《あふ》れ出《だ》す。

それなら、いっそ。

「──マーシェル、俺と契約結婚を結べ」

「……え？」

呆然としたマーシェルの声が聞こえる。

……しかしその実、一番心を乱していたのは俺の方だった。

数秒前の自分を殴り倒したい衝動が俺の胸をよぎる。

なにが契約結婚だ。

契約もなにも、ただの俺の願望でしかない。

けれど、口にしてしまった手前もうそれをなかったことにはできなかった。

「お前を客として扱うには、あまりにも不都合が増えすぎていてな」

俺はなんとか、顔が赤くならないように必死に意識しながら、いつも通り皮肉げに笑う。

そんな俺に、マーシェルが首をひねる。

「不都合？」

「とぼけなくていい。クリスのことだ」

「……っ！」

その瞬間、明らかに挙動不審になったマーシェルに俺は自分を脇に置いてあきれてしまう。

何かあったと言っているようなその態度で、分からない訳がないだろうと。

しかし、今の俺にはそこをつつく余裕はなかった。

ただ、矛盾にならないよう意識しながら、俺は言葉を続ける。

「このままではお前が本当に必要な時に、邪魔が入りかねない。そんな面倒ごとのためにお前をこの屋敷に置いている訳ではないのは分かってるよな」

「……分かっています」

「だから、俺の妻になれ。誰も手出しされないように」

できる限り自分の内心が出ないよう、必死にいつも通りを装いながら、俺は告げる。

「もちろん契約だ。状況が変われば、解消してやる。俺の目的が達成されるか、お前に手を出す人間がいなくなればな。だが、今はそのどちらも満たしていない。分かるよな？」

「……はい」

俺の言葉にうつむき、素直に頷くマーシェル。

その姿を見ながら、俺は内心安堵に包まれていた。

なんとか違和感なく誤魔化せたと。

……しかし、その安堵と同時に胸に締め付けられるような痛みも走る。

我ながら、馬鹿なことをしたと俺は思わずにはいられなかった。

マーシェルは間違いなく俺のことを嫌っているだろう。

そんな相手と契約結婚など苦痛でしかないだろうし、さらに俺を嫌う理由を増やすようなものなのだ。

冷静に行動していれば。

そんな後悔が胸をよぎり、しかし俺はそれを強引に胸の奥にしまい込む。

どうせ、この人生はマーシェルに捧げると決めているんだ。

だったら、徹底的に嫌われるくらいでちょうどいい。

いずれ、マーシェルが幸せになる踏み台になれれば本望。

そう自分に言い聞かせながら、俺はどうせならと口を開く。

「改めてよろしくな。俺の妻、マーシェル」

それは、いずれ契約を解消する時、マーシェルが罪悪感を覚えないための布石。

あえて嫌悪感を煽《あお》るための言葉だった。

その俺の言葉に、さすがのマーシェルも顔を上げる。

そこに嫌悪が滲んだ顔を容易に想像できた。

「はい……！」

「っ！」

——だからこそ、マーシェルの顔に浮かんだ喜びを隠せない表情に、俺は息を呑んだ。

相変わらず、涙の溢れた赤い充血した目。

しかし、それは悲しみではなく、喜びが原因のものだった。

呆然とその涙を見ながら、俺はなぜマーシェルがこんな表情をしているのか理解できなかった。

俺はマーシェルの全てを歪《ゆが》ませ、守ることさえできなかったような人間で。

どうして、そんな人間に仮とはいえ嫁ぐのに、こんな表情ができるのか？

しかし、そんな疑問はすぐに頭から消え去った。

なにも分からず、けれど俺は一つ、あることだけは確信することができた。

今までの捨て身の笑顔でも、苦しみを隠すための笑顔でもない初めて見るマーシェルの表情。

「よろしくお願いします。旦那様……！」

――あふれる幸せを噛みしめるように笑うこの表情を、俺はこれから先、一生忘れることはないだろうと。

あとがき

この度は本書『契約結婚のその後　～追い出した夫が私の価値を知るまで～』をお読み頂き本当にありがとうございます！

私自身にとって三作品目の出版となる本作ですが、未だに刊行の時期を迎える度に胃が痛くなります……。

その上で初めてのあとがきと、春風邪というトリプルパンチでこの世の地獄を感じながらの現在になります。

どうか、粗が目立つ文章でも寛大な目で見て頂けると幸いです……！

折角のあとがきということで、作品について触れたいと思います。

この『契約結婚』は、「不器用なヒーロー書きたいぜ！」という私の邪念により作り出された作品になります。

作者にそのような意向があることは、本作を読んでからあとがきを見てくださっている方には凄く伝わってしまっているのではないかな……とも思います。

あとがきから見られている方もいると思いますし、多くは言えないですが、すれ違いから始まりすれ違いで終わるアイフォードの姿は、彼の不器用さを雄弁に物語るものとなっています。

作者はそれを、不器用なヒーローが悲惨な目にあうのいいよね!!　という気持ちで書いておりました。

まだ本作を読まれていない方は、是非不器用なアイフォードの姿を見て頂けたら！


そして最後に謝辞を。

まずは素敵なイラストを描いて下さった一花夜《いちげよる》先生へ。

イラストを見た瞬間、本作の世界観をこんなにも美しく画《え》に落とし込めて頂けたということに感激し、改めて本作のイラストを一花夜先生にご担当頂けて本当に良かったと実感致しました。本当にありがとうございました。


次に尽力して頂いた編集様。

不器用なアイフォードという像を固めて下さった方こそ、編集様でした。

本当にありがとうございます。


最後にこの作品を手に取って頂いた読者様へ。

ウェブから応援して下さった方にも、本作を書籍で初めて手に取って下さった方にも、心からの感謝をお伝えさせて頂きます。

願わくはまたお会い出来る機会があることを。その際はよろしくお願いいたします！

２０２４年４月　影茸《かげきのこ》

Kラノベブックスf

契《けい》約《やく》結《けっ》婚《こん》のその後《ご》
～追《お》い出《だ》した夫《おっと》が私《わたし》の価《か》値《ち》を知《し》るまで～

影《かげ》茸《きのこ》

2024年5月29日第1刷発行

発行者	森田浩章
発行所	株式会社 講談社 〒112-8001　東京都文京区音羽2-12-21
電　話	出版　(03)5395-3715 販売　(03)5395-3605 業務　(03)5395-3603
デザイン	AFTERGLOW
本文データ制作	講談社デジタル製作
印刷所	株式会社ＫＰＳプロダクツ
製本所	株式会社フォーネット社

KODANSHA

落丁本・乱丁本は購入書店名を明記のうえ、小社業務あてにお送りください。送料は小社負担にてお取り替えいたします。なお、この本の内容についてのお問い合わせはライトノベル出版部あてにお願いいたします。
本書のコピー、スキャン、デジタル化等の無断複製は著作権法上での例外を除き禁じられています。本書を代行業者等の第三者に依頼してスキャンやデジタル化することはたとえ個人や家庭内の利用でも著作権法違反です。

ISBN978-4-06-535661-6　N.D.C.913　275p　19cm
定価はカバーに表示してあります

©Kagekinoko 2024 Printed in Japan

ファンレター、
作品のご感想を
お待ちしています。

あて先
〒112-8001　東京都文京区音羽2-12-21
(株) 講談社　ライトノベル出版部 気付
「影茸先生」係
「一花夜先生」係

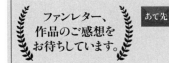